Herbstschatten

BoD™
BOOKS on DEMAND

V. J. Marin

Herbstschatten

Impressum

Bibliografische Information der Deutschen Nationalbibliothek:
Die Deutsche Nationalbibliothek verzeichnet diese Publikation in der Deutschen Nationalbibliografie; detaillierte bibliografische Daten sind im Internet über http://dnb.dnb.de abrufbar.

© 2015 V. J. Marin

Illustration: Panagiotis Lampridis

Herstellung und Verlag: BoD – Books on Demand, Norderstedt

ISBN: 978-3-7460-1727-3

EINS

Der sonnige Spätsommertag neigte sich langsam, aber unaufhörlich dem Ende zu. Die Blätter des Waldes, durch den ich lief, standen noch im Grün, doch mit dem aufziehenden Herbst würden sie bald in ein leuchtend buntes Kleid schlüpfen. Ein wunderschönes Farbenspiel, das ich jedes Jahr genoss.

Dieser Abend war wie geschaffen für Spaziergänge oder sonstige Tätigkeiten im Freien, und ich war nicht die Einzige, die die Möglichkeit nutzte. Nicht nur andere Jogger begegneten mir, auch Hunde mit ihren Besitzern und Spaziergänger kreuzten meinen Weg. Die tief stehende Sonne bahnte sich einen Weg durch das dichte Blätterdach, ließ Licht und Schatten spielen und malte Muster auf dem Waldboden. Ich nutzte die Zeit zum Abschalten.

Nach jahrelanger sportlicher Abstinenz hatte ich im Frühjahr erneut mit dem Laufen begonnen und es bis heute nicht bereut, im Gegenteil. Es war schön, an nichts anderes denken zu müssen. Nur dem eigenen Atem zu lauschen, den Schritten auf dem Waldboden, den Geräuschen der Natur.

Zugegeben, die Überwindung des inneren Schweinehundes, der sich nach einem langen Arbeitstag auf die Couch legen wollte, war nicht so leicht gewesen. Aber ich war froh, es geschafft zu haben. Die sportliche Beschäftigung forderte mich, hatte überflüssige Pfunde schmelzen lassen und war fast täglich meine Flucht aus dem Alltag.

Doch an diesem Donnerstag half mir auch das geliebte Laufen nicht dabei, den Kopf freizubekommen, zu viel geisterte darin herum. Mit Absicht entschied ich mich für die längere Strecke, um komplett abzuschalten. Meist gelang es mir schon nach kurzer Zeit, nicht so heute. Ich war bereits auf dem Rückweg und von Entspannung keine Spur. Wenigstens waren nun nicht mehr so viele Menschen unterwegs, sodass ich meinen Gedanken nachhängen konnte.

Es gab einen simplen Grund, der mir Kopfzerbrechen bereitete: Mein Mann Fabian und ich verstanden uns überhaupt nicht mehr. Selten verging ein Tag ohne Sarkasmus, Streit oder böse Worte. Kaum auszuhalten. Bei näherer Betrachtung war von simpel keine Rede, es war schlichtweg kompliziert.

Seit zwei Jahren lebte jeder sein eigenes Leben. Gemeinsam verbrachte Zeit gab es nicht mehr, und ich legte im Moment auch keinen gesteigerten Wert darauf. So etwas geschah nicht von heute auf morgen. Ein schleichender Prozess, den wir nicht aufzuhalten vermochten. Jetzt sah ich mich mit der Möglichkeit einer Scheidung konfrontiert, so sehr ich mich auch dagegen sträubte. Aufzugeben lag nicht in meiner Natur, dennoch schien dieser Kampf verloren.

Der unerfüllte Kinderwunsch stand ganz oben auf der Liste der Gründe, die letztendlich zum Scheitern unserer Ehe geführt hatten. Neun Jahre waren wir ein Paar, sieben davon verheiratet. Seit der Hochzeit bemühten wir uns vergeblich darum, ein Kind in die Welt zu setzen. Während ich sämtliche Untersuchungen über mich ergehen ließ, weigerte sich mein Herr Gemahl standhaft und fühlte sich gar in seiner Männlichkeit gekränkt, wenn ich auch nur andeutete, dass es an ihm liegen könnte. Bei mir gab es keinerlei negativen Befund. Folglich stand schon seit Jahren Sex nach Kalender auf dem Programm. Das ging mir mittlerweile dermaßen gegen den Strich, dass ich überhaupt keine Lust mehr verspürte. Ich war mir ziemlich sicher, Fabian fühlte ebenso.

Ich weiß noch, wie naiv und enthusiastisch ich an das Thema Kinderwunsch heranging. Häufig hörte ich im Bekanntenkreis etwas von „Unfällen", einem Schuss, einem Treffer und Ähnliches. Wieso sollte es ausgerechnet bei mir ewig dauern?

Doch jeden Monat wieder die Enttäuschung. Des Öfteren traf meine Periode zu spät ein und mein Körper oder mein Geist spielten mir einen Streich nach dem anderen. Leider wurde der Test dadurch auch nicht positiv. Mit Fabian darüber zu reden war aussichtslos, immer, wenn ich die Sprache darauf brachte, blockte er ab und wechselte abrupt das Thema.

Adoption war für ihn ebenfalls ein rotes Tuch, ein No-Go. Langsam beschlich mich das Gefühl, dass er gar keine Familie wollte und insgeheim sogar froh darüber war, dass es bisher nicht geklappt hatte.

Diese Kleinigkeiten lenkten mich dermaßen ab, dass ich nicht allzu sehr auf den Weg achtete. Es war schon spät und in der zunehmenden Dunkelheit des Waldes war nicht mehr viel davon zu erkennen. Unbemerkt von mir hatten sich auch die letzten Sonnenstrahlen verabschiedet und machten den Nachtschatten den Weg frei.

So dauerte es nicht lange, bis ich im unebenen Waldboden in ein Loch trat und mit einem Aufschrei stürzte. Ich landete praktisch mit der Nase im Dreck. Prima. Das hatte mir gerade noch gefehlt, im Moment ging aber auch fast alles schief. Frustriert schlug ich mit der Faust auf den Boden, bevor ich mich aufrappelte und den Fuß untersuchte.

Autsch, das Ding schmerzte heftig. „Scheiße", fluchte ich leise und sah mich um. Natürlich war weit und breit kein Haus oder Mensch in Sicht. Wo waren die ganzen Spaziergänger, wenn man sie brauchte? Vorhin musste ich ihnen noch zuhauf ausweichen und nun? Keine Menschenseele zu entdecken. So blöd, im Dunkeln durch den Wald zu rennen, war wohl nur ich.

Seufzend zog ich mein Handy hervor, das, wie sollte es auch anders sein, auf nichts mehr reagierte und praktisch tot war. Typisch. Entweder ein

Totalschaden durch den Sturz oder ich hatte mal wieder schlicht das Laden des Akkus vergessen. Passierte mir leider ständig. Wenn etwas schief lief, dann aber gründlich.

Frustriert steckte ich es ein und versuchte mich zu orientieren, was bei der zunehmenden Dunkelheit gar nicht so leicht war. Hätte ich mal besser darauf geachtet, wo ich war, statt über Sachen nachzudenken, die ich doch nicht ändern konnte und akzeptieren musste.

Kreuzte nicht da hinten eine Straße den Waldweg? Ganz sicher war ich mir nicht, da ich im Dämmerlicht meine sonstigen Orientierungspunkte nicht mehr erkannte. Wenn ich recht hatte, dann waren es über diesen Weg noch knapp zwei Kilometer bis nach Hause. Doch ich glaubte nicht daran, dass ich das zu Fuß schaffte.

Wie weit konnte man oder besser gesagt ich im Dunkeln auf unebener Strecke auf einem Bein hüpfen? Ich war nicht wirklich gewillt, das heraus zu finden. Hier sitzen zu bleiben, war ebenfalls keine Option, auch wenn ich das liebend gern getan hätte, um bittere Tränen zu vergießen. Was brachte es mir schon, wenn ich jetzt heulen würde?

Stattdessen sollte ich lieber versuchen aus diesem Wald herauszukommen, bevor das letzte Licht mich verließ.

Vorsichtig stand ich auf und versuchte den Fuß zu belasten. Schmerzhaft war das allemal, doch ich musste die Straße erreichen, wenn ich nicht die Nacht allein hier im Wald verbringen wollte. Ohne Handy würde auch Fabian nicht wissen, wo er mich suchen sollte, vorausgesetzt, er bemerkte mein Fehlen überhaupt, was ich arg zu bezweifeln wagte.

Entschlossen humpelte ich los, stolperte unterwegs über einen halbwegs passenden Ast, auf den ich mich stützte. Damit kam ich deutlich besser voran.

Als ich die gefühlten fünfhundert Kilometer endlich hinter mich gebracht hatte, ließ ich mich schweißgebadet auf einen großen Stein am Straßenrand sinken und atmete auf.

Diese erste Etappe wäre geschafft. Hoffentlich kam demnächst ein Auto vorbei, denn zu allem Übel würde es bald stockfinster sein und langsam wurde mir mulmig zumute. Wenn doch wenigstens Vollmond wäre! Warum hatte ich bloß keine

Taschenlampe eingesteckt? Müßig, darüber nachzudenken. Das Ding lag, wie so oft, vergessen zu Hause auf dem Küchentisch.

Ich lauschte auf die Geräusche, die um mich herum waren. Überall raschelte und knackte es, der Wald wurde lebendig. Ich fand rasch heraus, dass ich mich allein bei Dunkelheit hier nicht wohlfühlte. Bei Tag liebte ich es, hier zu sein, aber jetzt wurde das Unbehagen übermächtig. Was für Tiere hier lebten? Ich fühlte mich wie gestrandet, in der Wildnis vergessen oder so etwas in der Art, dabei war ich ja nicht gerade weit von zuhause entfernt. Das Herz rutschte mir in die Hose.

Natalie, hör damit auf, dich verrückt zu machen, schimpfte ich mit mir. Der Kloß in meinem Hals wurde immer dicker. Um nicht wirklich in Panik zu geraten, atmete ich mehrmals langsam tief ein und aus. Danach ging es etwas besser, und ich fühlte mich wieder in der Lage zu funktionieren. Einfach nicht mehr darüber nachdenken.

Angestrengt lauschte ich in die Dunkelheit, versuchte, die beängstigenden Geräusche auszublenden. Täuschte ich mich oder hörte ich in der Ferne tatsächlich ein Auto, das näherkam? Zu allem Übel befand ich mich an einer kaum genutzten Nebenstrecke. Wenn ich Pech hatte, dann eben richtig.

Ich konzentrierte mich einzig auf dieses Geräusch und wirklich, schon bald sah ich die Scheinwerfer eines Autos zwischen den Bäumen auf mich zukommen. Gott sei Dank, Rettung nahte!

Als der Wagen nahe genug herangekommen war, sprang ich auf, um zu winken. Das hätte ich besser nicht getan. Ein heftiger Schmerz durchzuckte den Fuß, sodass ich mit einem Aufschrei sofort auf den Stein zurücksank. Für einen kurzen Moment hatte ich doch glatt vergessen, warum ich überhaupt hier saß, denn im Ruhezustand spürte ich nichts.

Der Fahrer des Autos hatte mich anscheinend gesehen und hielt an. Natürlich handelte es sich um einen Mann, und dazu noch um einen großen, wie ich feststellte, als er ausstieg. Ich schluckte und versuchte den Kloß im Hals loszuwerden, der sich erneut dort zusammen klumpte. Mein Herz klopfte wie verrückt. Was, wenn es sich um einen Mörder,

Vergewaltiger oder so etwas handelte, auf die Suche nach einem Opfer?

Es war eindeutig zu spät für solche Überlegungen, denn langsam kam er auf mich zu. Trotz meiner Furcht freute ich mich darüber, nicht mehr allein zu sein, aber ich umklammerte meinen Ast stärker, um mich im Notfall verteidigen zu können.

„Kann ich Ihnen helfen?", fragte eine angenehm tiefe Männerstimme. Wenn ich richtig lag, hörte ich sogar eine Spur Besorgnis heraus. Na hoffentlich nicht nur Wunschdenken. „Haben Sie sich verletzt?"

Meine Angst legte sich etwas, ich schaute auf und blinzelte ins grelle Scheinwerferlicht. Wenn er nur ein bisschen näher käme, wäre ich in der Lage, sein Gesicht zu erkennen, dass sich nach wie vor im Dunkel verbarg. Unfair, denn meines wurde hervorragend ausgeleuchtet. Ich wollte zu gern wissen, um wen es sich handelte.

„Ich habe mir den Knöchel geprellt oder verstaucht", gab ich zurück, konnte ein Zittern meiner Stimme jedoch nicht ganz verhindern. Nun wusste er auch, dass ich Angst hatte. Toll, wirklich toll. Bestürzt biss ich mir auf die Unterlippe, bis ich mich wieder im Griff hatte. „Darf ich Ihr Handy benutzen? Dann könnte ich jemanden anrufen, der mich abholt."

Er trat noch näher. Ich registrierte, dass ein beruhigendes, freundliches Lächeln seine sinnlich weichen Lippen umspielte und das ansonsten markante Gesicht entschärfte. Gern hätte ich die Farbe seiner Augen gesehen, aber das gleißende Licht verhinderte das. Außerdem stand er noch zu weit entfernt. Automatisch erwiderte ich sein Lächeln und strich mir die Haare aus dem Gesicht.

„Ich könnte mir Ihren Fuß ansehen, soweit das unter diesen Umständen möglich ist. Zufällig bin ich Arzt." Nun stand er vor mir.

Zufälle gab es! Dass es sich um einen Arzt handelte, war das erste Positive, das ich heute Abend hörte. Als ich zustimmend nickte, ging er neben mir auf die Knie und griff nach meinem Fuß.

Was jetzt geschah, war schier unglaublich, denn kaum berührte er mich, zuckte ich wie elektrisiert zusammen. Doch nicht vor Schmerz, sondern weil ich mit einem Mal ein heftiges Verlangen nach diesem Mann verspürte, den ich nie zuvor gesehen hatte. Gefühlte 100.000 Volt jagten durch meinen Körper. Er roch so gut und meine Haut kribbelte verheißungsvoll bei jeder Berührung. Was war denn das jetzt bitte? Meine Reaktion auf seine Berührung stürzte mich in tiefe Verwirrung. Ich konnte es nicht fassen. Er blickte auf.

„Schmerzen?"

Leicht benommen schüttelte ich den Kopf. „Oder doch ein bisschen schon", fügte ich hinzu. Wie sollte ich auch in Worte fassen, was ich selbst nicht verstand und nicht glauben konnte. Der Schmerz war so nebensächlich geworden, dass ich ihn kaum mehr verspürte. Stattdessen loderte das Verlangen heiß in meinem Unterleib. Sehnsucht nach Zärtlichkeit, nach allem, was ich so lange entbehren musste.

Natürlich war ich dankbar für seine Hilfe. Er war sympathisch und attraktiv, daran bestand kein Zweifel. Aber was bewog mich dazu, dass das Verlangen, mich einfach in seine Arme zu werfen, beinahe übermächtig wurde? Etwas Derartiges hatte ich noch nie erlebt oder gar für möglich gehalten. Es war wie ein Blitzschlag.

Rasch hatte er meinen Fuß untersucht. „Scheint nicht allzu schlimm zu sein, wohl wirklich nur eine Verstauchung oder Prellung, soweit ich das unter den gegebenen Umständen beurteilen kann. Sie sollten das morgen untersuchen lassen. Kann ich Sie irgendwo absetzen?"

Für einen Moment schwieg ich, ließ mir sein verlockendes Angebot durch den Kopf gehen. So gern ich auch wollte, aber ich konnte es nicht annehmen. Schließlich war er ein Fremder, und nur, weil er gut aussah und mir gerade geholfen hatte, hieß das noch lange nicht, dass von ihm keine Gefahr ausging. Es stand nicht jedem Verbrecher sein Vorhaben deutlich ins Gesicht geschrieben. Waren es nicht gerade die sympathischen Typen, bei denen man so etwas nie vermuten würde?

„Wenn ich einfach nur Ihr Handy benutzen dürfte?", versuchte ich es nochmals. Diese Frage hatte er vorher schon nicht beantwortet. Wieder dieses Lächeln, das mir so durch und durch ging, jetzt aber eindeutig amüsiert.

„Sie sind vorsichtig", stellte er ruhig fest und musterte mich aufmerksam. „Nicht, dass Ihnen das viel nützen würde, wenn ich irgendwelche bösen Absichten hegte."

Mist, wer war der Kerl, konnte er etwa Gedanken lesen? Innerlich knirschte ich mit den Zähnen. Vielleicht lag es auch nur daran, dass ich an meinem Pokerface noch unheimlich arbeiten musste.

„Es tut mir leid, ich komme vom Training und habe kein Handy dabei", fuhr er fort. „Das lenkt mich sonst nur ab."

„Verflixt, heute geht wirklich alles schief. Nicht mein Tag eben", murmelte ich verdrossen.

„Also, wo darf ich Sie absetzen?", wiederholte er geduldig.

Was blieb mir denn anderes übrig, als mit ihm zu fahren, wenn ich nicht die ganze Nacht hier sitzen bleiben wollte? Wer wusste schon, wer als nächstes meinen Weg kreuzte, wenn es überhaupt jemand tat. Darauf, zu Fuß die restlichen knapp zwei Kilometer zu humpeln, war ich nicht scharf.

„Also gut." Ich stand auf und ließ meinen Ast los, den er erst jetzt mit hochgezogenen Augenbrauen registrierte. Doch er behielt jeglichen Kommentar für sich und lächelte nur still vor sich hin. Sein Duft stieg mir in die Nase, eine Mischung aus Parfüm und Mann. Unwillkürlich hielt ich die Luft an. Der Griff um meinen Arm fühlte sich fest und tröstlich an, als er mir in den Wagen half. Erwartungsvoll schaute er mich an und wartete. Aber worauf? Blut schoss mir in die Wangen, als mir einfiel, dass er nicht wusste, wohin er mich bringen sollte. Leise nannte ich ihm meine Adresse.

Es war zwar nur ein kurzer Weg, aber auch der konnte lang werden. Ich schwieg, mir seiner Anwesenheit überaus bewusst. Hin und wieder warf ich ihm einen Blick von der Seite zu und versuchte herauszufinden, woher meine unerklärliche Faszination für diesen Mann kam. Dieses leichte Lächeln lag nach wie vor auf seinen Lippen. Auf Lippen, bei denen ich mich fragte, wie sie sich auf meinen anfühlen mochten. Himmel, wie kam ich nur auf so was?

Liebe war es kaum, wohl eher Lust, die nach längerer Durststrecke wieder erwachte. Anders war das nicht zu erklären. Ja, das musste es sein. Woher sollte das verlangende Ziehen in meinem Unterleib sonst herrühren? So etwas war mir im Leben noch nie passiert.

„An Ihrer Stelle würde ich mir überlegen, so spät allein im Wald laufen zu gehen", sagte er in leichtem Plauderton in die Stille hinein. Verdammt, konnte er nicht einfach das Radio anmachen? Seine guten Ratschläge brauchte ich nun wirklich nicht! Schließlich hätte ich mich deswegen schon selbst ohrfeigen können.

„Normalerweise gehe ich auch früher laufen und bin weit vor der Dämmerung zu Hause. Aber heute ist Donnerstag. Da ist die Praxis länger geöffnet, und ich war erst spät zu Hause. Ich hätte wohl besser die kleinere Runde genommen." Musste ich mich denn wirklich vor ihm rechtfertigen? Aus irgendeinem Grund hatte ich leider das Gefühl und ging in die Verteidigung. Schweigen legte sich erneut über das Wageninnere, bis er anhielt.

„Wir sind da", verkündete er. Er hielt vor meinem Haus, das ich vor zehn Jahren geerbt hatte, nachdem meine Eltern bei einem Flugzeugabsturz ums Leben gekommen waren. Papa hatte es erworben, nachdem er sein Bauunternehmen verkauft und in den Ruhestand gegangen war, den sie leider nicht mehr lange genießen durften. Jedes

Mal, wenn ich es sah, fühlte ich mich daran erinnert, wie glücklich meine Eltern hier gewesen waren.

Es handelte sich um einen alten Kotten aus gelblichem Sandstein mit rotem Ziegeldach, den mein Vater liebevoll nach und nach restauriert hatte. Die meisten Nebengebäude hatte er abgerissen, um mehr von dem Grundstück zu haben. Nur die Garage und zwei kleinere ehemalige Ställe erhielt er. Der Waldrand begann in unmittelbarer Nähe des Gartens.

Auf den breiten Fensterbänken standen nach wie vor Kästen üppig mit bunten Blumen bepflanzt. Meine Mutter liebte die Gestaltung und Pflege des Gartens. Seit ihrem Tod tat ich mein Möglichstes, um ihn so zu erhalten, wie sie ihn zurückgelassen hatte. Es gab mir ein Gefühl von Sicherheit und Nähe.

Früher hatte ich ihr gern dabei geholfen, und auch heute fühlte ich mich mit ihr verbunden, wenn ich ihre Blumen pflegte.

Das Tor zur Einfahrt war geschlossen, Fabian musste zu Hause sein. Verlegen suchte ich nach

Worten, wurde mir bewusst, dass wir bereits eine Zeit hier standen und uns anschwiegen, während ich in Gedanken versunken war. Ich fühlte seinen prüfenden Blick und konnte nicht verhindern, dass mir eine verräterische Röte ins Gesicht stieg.

„Danke", sagte ich nur leise, weil mir beim besten Willen nichts Besseres einfiel. Endlich erkannte ich, dass er grüne Augen hatte, Augen, in denen ich mich verlieren könnte. Wie ungewöhnlich. Dazu hatte er dunkle wellige Haare, die ihm wirr in die Stirn fielen und einen gebräunten Teint, was ihn alles in allem in meinen Augen ungemein attraktiv erscheinen ließ. Ich musste mir den Kopf angeschlagen haben, anders konnte ich es mir nicht erklären. Dummerweise wusste ich genau, dass das nicht passiert war.

„Gern geschehen. Ich bin übrigens Patrick."

„Und mein Name ist Natalie."

„War mir ein Vergnügen, Natalie." Sein Lächeln vertiefte sich, als wüsste er, wie sehr ich mich im Grunde dagegen sträubte, auszusteigen.

„Danke nochmals. Wie sieht es aus, kann ich Sie irgendwann zu einem Kaffee einladen, als Dank für Ihre Hilfe heute?"

Ich lächelte ihn kokett an, setzte alles auf eine Karte und … verlor. Sein bedauerndes Lächeln kam rasch, leider viel zu rasch. Warum hatte ich das überhaupt gesagt?

„Ich glaube, das wäre keine allzu gute Idee." Er wackelte vielsagend mit seinem Ringfinger, an dem ein goldener Ring glänzte. „Meine bessere Hälfte würde das leider nicht spaßig finden."

„Oh, tut mir leid. Ich wollte Ihnen gewiss nicht zu nahe treten." Rasch ruderte ich zurück. War doch klar. Die tollen Männer waren entweder schwul, besetzt oder sonst schon vorgeschädigt und außerdem war ich verheiratet. „Ich sollte rein gehen. Fabian macht sich bestimmt Sorgen, wo ich bleibe."

„Soll ich Ihnen helfen?", bot er sich höflicherweise an.

„Danke, aber ich denke, die letzten Meter schaffe ich allein." Damit stieg ich entschlossen aus und schloss mit einem letzten Lächeln die Autotür hinter mir, um zum Tor zu humpeln.

Patrick blieb noch einen Moment, wartete, bis ich die Haustür hinter mir zudrückte und fuhr davon.

„Ich bin wieder da", rief ich, während ich den Schlüssel herumdrehte. Keine Antwort. Wahrscheinlich saß Fabian in seinem Büro, arbeitete oder surfte im Internet oder tat etwas, von dem ich keine Ahnung hatte. Egal. Erst einmal wollte ich nur aus den Klamotten raus, duschen und mir den Knöchel bei Licht ansehen.

Er war geschwollen und blau, doch gebrochen wohl nicht. Zwei Wochen hatte ich noch Zeit, um ihn zu kurieren, dann stieg meine Geburtstagsfeier. Bis dahin wollte ich fit sein. Für ein paar Tage musste ich allerdings auf mein geliebtes Laufen verzichten.

Ein Blick in den Spiegel ließ mich aufstöhnen, und ich schlug bestürzt die Hände vors Gesicht. An Patricks Stelle hätte ich mich auch abblitzen lassen. Verschwitzt, Dreck im Gesicht, mein Zopf hatte sich weitgehend aufgelöst, und das Haar hing mir wirr ins Gesicht. Das hätte ich gern früher gewusst. Schnell unter die Dusche und nicht mehr an diesen Kerl denken.

Später machte ich es mir auf dem Sofa bequem, kühlte den Knöchel und schaltete den Fernseher an. Doch immer wieder musste ich an diese grünen Augen denken, die sich mir ins Gehirn eingebrannt hatten. Ob ich ihn je wiedersehen würde? Ein Teil von mir wünschte es sich glühend, der andere dachte nur daran, dass das egal war, denn er war vergeben und ich nach wie vor verheiratet.

Zu einer Trennung konnte ich mich nicht durchringen, auch das hatte mit Sicherheit etwas mit meinem Sturkopf zu tun, obwohl unsere Ehe eindeutig in der Sackgasse steckte. Liebten wir uns eigentlich noch oder waren wir schier aus Gewohnheit zusammen? Früher oder später würden wir uns beide ernsthaft damit auseinandersetzen müssen. Schon seit Wochen quälte ich mich mit diesen und anderen Gedanken herum und langsam wurde es Zeit für eine Lösung, damit ich wieder gut schlafen konnte.

Mein Mann hatte mich nicht vermisst, wie es schien. Den ganzen Abend bekam ich ihn nicht zu Gesicht, er hatte nicht einmal versucht, auf meinem Handy anzurufen. Vorhin, als ich es zum Laden anschloss, stellte sich heraus, dass noch Leben darin war. Wenigstens ein kleiner Lichtblick.

Erst als ich das Schlafzimmer betrat, um ins Bett zu gehen, polterte Fabian die Treppe vom Dachboden hinunter und gesellte sich zu mir. Wie so oft in letzter Zeit hatte er den Abend wohl in seinem Büro verbracht. Er begann sich auszuziehen.

„Wann bist du denn gekommen?", fragte er mich verwundert. Wie zu erwarten, hatte er das nicht mitbekommen.

„Schon vor einer ganzen Weile", antwortete ich gereizt und humpelte zum Bett.

„Was ist denn mit dir passiert?", hakte er irritiert nach und runzelte die Stirn.

Oh, es gab also doch noch ein Fünkchen Interesse für meine Befindlichkeiten von seiner Seite, etwas, dass er selten erkennen ließ. „Ich hab mir beim Laufen vorhin den Knöchel verstaucht, als ich in ein Loch getreten bin."

„Warum hast du nichts gesagt? Ich hätte dich doch zum Arzt gefahren."

„Mein Handy hat nicht funktioniert, weil der Akku leer war", seufzte ich genervt, ließ mich ins Bett gleiten und kuschelte mich in die Kissen. Am liebsten hätte ich mir die Decke über den Kopf gezogen und nichts mehr gehört oder gesehen. Für heute hatte ich genug.

Er lachte. „Das kann auch nur dir passieren", zog er mich auf. „Irgendwann vergisst du noch deinen Kopf."

Ja, ja, wer den Schaden hat …, aber ich sprach es nicht laut aus und schwieg lieber. Plötzlich erlosch sein Lächeln. Ihm war etwas durch den Kopf gegangen. Ich sah förmlich, wie sich die Rädchen in demselben drehten.

„Wie bist du denn nach Hause gekommen?", wollte er wissen. „Normalerweise läufst du doch allein. Oder ist es hier vor der Tür passiert?"

„Nein, im Wald. Ich bin bis zur Straße gehumpelt, dann hat jemand angehalten und mich heimgefahren."

„Wer denn?" Mensch, was war Fabian heute misstrauisch. Ich hatte mir noch nie etwas zuschulden kommen lassen und verdrehte die Augen. Musste er denn alles wissen?

„Keine Ahnung. Irgendwer eben", gab ich ungehalten zurück. „Ich habe ihn vorher noch nie gesehen, aber zufällig war er Arzt und hat sich gleich meinen Knöchel angeschaut." Meine

Gereiztheit war nicht mehr zu überhören. Ich atmete tief durch und hoffte darauf, ein wenig Gelassenheit in meinem Inneren zu finden.

„Was für ein Zufall." Da war er wieder, der Sarkasmus. „Und der hatte kein Handy, damit du mich anrufen konntest?" Immer wieder dieser vorwurfsvolle und zugleich gereizte Ton. Langsam ging er mir gewaltig auf die Nerven. Es schien, als wäre alles, was ich machte, grundsätzlich verkehrt.

„Nein, er hatte keines dabei. Das habe ich auch sofort gefragt, sonst hätte ich dich angerufen."

„Aber du kannst doch nicht zu einem völlig Fremden ins Auto steigen! Weißt du eigentlich, wie gefährlich so was ist?" Entgeistert starrte er mich an. Es sah komisch aus, wie er so dastand, mit diesem Gesichtsausdruck und mit nichts bekleidet außer Boxershorts mit …

Ich musste zwei Mal hinschauen, es waren wirklich Herzchen. Wie allerliebst. Wo hatte er die bloß ausgegraben? Zu allem Überfluss musste ich mir nun auch noch ein Lachen verkneifen, das gerade unpassend war und ihn nur in Rage bringen würde. Stattdessen konzentrierte ich mich darauf, genervt zu sein.

„Ja, Fabian, ich weiß es. Aber ich habe es riskiert, weil ich sonst nicht nach Hause gekommen wäre. Ich wollte die Nacht nicht im Wald verbringen. Du hast doch nicht mal gemerkt, dass ich nicht da bin, oder?"

Na prima, nun fing ich auch noch an zu zicken. Dabei nahm ich mir immer wieder fest vor, ruhig und freundlich zu bleiben. Aber je mehr ich es wollte, desto weniger funktionierte es. Von der ruhigen, ausgeglichenen Natalie war zurzeit nicht mehr viel übrig. Meine innere Unruhe und Unzufriedenheit nahm ständig Überhand.

Der Bruch in der Beziehung zu Fabian war ein wichtiger Grund dafür, vielleicht auch eher die Tatsache, dass er mir bereits mit seiner bloßen Anwesenheit tierisch auf die Nerven ging. Immer fühlte ich mich in die Verteidigungshaltung gedrängt. Eine Rolle, die mir gar nicht schmeckte.

„Lass uns nicht wieder streiten, danach steht mir nicht der Sinn. Wir könnten stattdessen an diesem Baby arbeiten, das du so gern möchtest." Er zauberte ein Lächeln auf sein Gesicht, das seiner Meinung nach ungemein verführerisch wirken sollte und rückte näher.

Gereizt seufzte ich und schob ihn beiseite. „Nicht heute. Ich bin total müde und möchte nur schlafen. Außerdem schmerzt der Knöchel, es ist schon spät und morgen muss ich früh raus." Ich wusste genau, dass ich ihn damit vor den Kopf stieß, aber ich konnte nicht anders. Mir stand der Sinn überhaupt nicht danach, mit ihm zu schlafen, und ich mochte ihm nichts vormachen. So war ich einfach nicht.

„Ja, war klar. Ich weiß gar nicht, warum ich es immer wieder versuche", maulte er. „Mehr als ein Mal Sex im Monat, vielleicht auch alle zwei Monate ist ja nicht drin. So kommen wir nie zu unserem Baby. Gute Nacht", knurrte er und drehte mir den Rücken zu.

Es tat mir leid, dass er enttäuscht und sauer war. Ich wusste auch, dass ich nicht ewig so weitermachen konnte und wollte.

„Gute Nacht, schlaf gut und träum süß", antwortete ich leise und ließ mich in die Kissen sinken. Eine Antwort bekam ich erwartungsgemäß nicht mehr. Bald hörte ich an seinen tiefen Atemzügen, dass er schlief, während ich noch lange wach lag und an den Fremden dachte, von dem ich lediglich seinen Vornamen kannte. Es dauerte ziemlich lange, bis auch ich endlich einschlief.

ZWEI

Am nächsten Morgen war Fabian bereits fort, als ich aufstand. Mein Knöchel sah schlanker aus als am Vorabend, schmerzte aber nach wie vor. Trotzdem schien es etwas besser geworden zu sein. Mein Chef sollte ihn sich nachher mal ansehen. Arbeiten konnte ich, wenn auch im Sitzen. Dann musste heute jemand anders die Sprechzimmer besetzen und den anderen Kram erledigen, bei dem man Füße benötigte.

Sorgfältig machte ich mich für die Arbeit zurecht. Heute würde ich mit dem Auto fahren, mit dem Rad ging das beim besten Willen nicht. Gott sei Dank handelte es sich um den linken Fuß, den brauchte ich bei meinem Automatikgetriebe nicht. Sonst hätte ich mich wohl oder übel krank melden oder ein Taxi nehmen müssen, aber mir war nicht danach, allein zu Hause zu bleiben. Zu viel Zeit zum Grübeln.

Dr. Grünhart und ich wollten sowieso einige Sachen durchgehen, zu denen ich Fragen hatte, bevor die Sprechstunde begann. Aus diesem Grund fingen wir früher an.

„Guten Morgen Natalie. Was haben Sie denn gemacht?", begrüßte er mich und deutete sofort auf den verletzten Fuß.

„Verstaucht, denke ich. Würden Sie einen Blick darauf werfen, wenn Sie Zeit haben?"

Er lachte herzhaft. „Natürlich Mädchen. Kommen Sie mit, ich gucke mir das direkt an."

Mein Chef war wirklich klasse, Hausarzt mit Leib und Seele, Anfang sechzig, mit grauem Haar und viel Humor. Ein wenig erinnerte er mich an meinen Vater, vielleicht arbeitete ich deswegen so gern mit ihm zusammen. Natürlich hatte er auch mal schlechte Tage, so wie jeder andere auch, aber ich hatte noch nie erlebt, dass er seine schlechte Laune an jemand anderem ausließ.

Gründlich untersuchte er meinen Knöchel, nachdem er mir auf die Liege geholfen hatte. „Sie haben recht, scheint nur verstaucht zu sein. Tut bestimmt mehr weh, als wenn er gebrochen wäre." Fragend schaute er mich an und musterte mich scharf. Ihm entging nichts. Lügen war zwecklos.

„Keine Ahnung", erwiderte ich lächelnd. „Die Schmerzen sind auszuhalten, und den Vergleich zu einem Bruch habe ich Gott sei Dank nicht."

„Trotzdem sollten Sie den Fuß schonen, aber das wissen Sie selber. Soll ich Sie für ein paar Tage krankschreiben? Auch wenn ich hier ungern auf Sie verzichte."

„Nein, nicht nötig", wehrte ich ab. „Ich kann im Sitzen arbeiten, wenn jemand anders das Laufen übernimmt. Im Abstellraum stehen ein paar Krücken. Dürfte ich mir die für ein paar Tage ausleihen?"

„Natürlich, machen Sie nur. Die Dinger stehen da sowieso nur herum und setzen Staub an. Und Ihre Kolleginnen werden es Ihnen bestimmt nicht übel nehmen, wenn sie ein wenig öfter laufen müssen. Dafür bekommen Sie wohl alles andere aufs Auge gedrückt." Vergnügt grinste er mich an.

„Einverstanden."

Ich sagte doch, mein Chef ist toll. Herrlich unkompliziert, so war er eigentlich immer, auch wenn ich genau wusste, dass er anders konnte, wie die meisten Menschen eben. Bisher hatte ich ihn nur ein einziges Mal richtig in Rage erlebt und ich war heilfroh, dass ich nicht diejenige war, die ihn dort hinein versetzt hatte. Im Großen und Ganzen strahlte er immer eine Gelassenheit und gute Laune aus, die bewundernswert waren.

„Ach, und wenn Sie merken, dass es nicht mehr geht, kommen Sie zu mir, statt die Zähne zusammen zu beißen." Jetzt sah er mich mit ernster Miene an. Der Mann kannte mich eindeutig schon zu lange und zu gut.

„Versprochen. Und nun sollten wir schnell meine Fragen besprechen, damit wir rechtzeitig fertig werden." Rasch lenkte ich ihn vom Thema ab. Über den blöden Fuß mochte ich nicht länger sprechen, ebenso wenig wie über meine Sturheit, auf die er soeben angespielt hatte.

Rasch gingen wir die Unterlagen durch, dann trafen auch schon meine Kolleginnen ein und bereiteten alles für den Tag vor, um dann schließlich die ersten Patienten hereinzulassen.

Es wurde ein anstrengender Tag für mich. Nur auf dem Hintern zu sitzen war ich nicht gewohnt, im Gegenteil. Ich liebte es, auch etwas anderes zu sehen als Papierkram oder den Computer, vom

Telefon mal ganz zu schweigen. Aber mit dem Knöchel konnte ich nicht so, wie ich gern wollte. Ständig erklärte ich den Patienten, was passiert war, warum ich heute so viel sitzen blieb, waren sie doch sonst anderes von mir gewohnt. Ich gab gern zu, dass ich froh war, als wir mittags hinter dem letzten Patienten die Praxistür abschlossen.

Hoffentlich war der verletzte Fuß nach diesem Wochenende wieder vernünftig zu gebrauchen, wesentlich mehr solcher Tage brauchte ich nicht. Ich mochte die Abwechslung, die sonst meinen Arbeitsalltag beherrschte.

Fabian fuhr sich an diesem Wochenende mal wieder weg, angeblich um einen Freund zu besuchen, was mir ganz lieb war. So musste ich mich nicht mit ihm auseinandersetzen. Ich gammelte auf dem Sofa oder im Bett herum, um meinen Fuß zu schonen. Das Internet, ein gutes Buch sowie der Fernseher und eine ansehnliche DVD Sammlung halfen dabei, keine Langeweile aufkommen zu lassen. Außerdem plante ich die letzten Details für meine Geburtstagsparty. Wie dreißig fühlte ich mich noch lange nicht, doch bald war es soweit. Eigentlich war es ein Geburtstag wie jeder andere auch, es kam doch nur ein Zähler hinzu. Trotzdem wollte ich ihn ein wenig größer feiern. Wenn ich daran dachte, wie alt dreißig mir vorkam, als ich achtzehn war und wie weit weg diese Zahl da zu sein schien, musste ich immer wieder grinsen.

Für den ein oder anderen Bekannten oder Freund war dieser magische Geburtstag ein Meilenstein im Leben gewesen. Bis dahin wollten die meisten verheiratet sein und eine Familie haben. Karriere, Geld, ein Haus all so etwas spielte bei diesen Träumen eine Rolle. Wenn es nach mir gegangen wäre, wäre ich bereits seit zwei oder drei Jahren Mutter, aber manchmal plant das Schicksal etwas anderes. Letztendlich war das das Einzige, das mir zu meinem Glück gefehlt hätte. Über Geld, Haus und Job musste ich mir keine Gedanken machen, das alles besaß ich.

Sogar meine ungeliebte Schwägerin Marie hatte ich anstandshalber zu diesem Ereignis eingeladen. Zu meinem Missfallen hatte sie tatsächlich zugesagt, aber damit hatte ich rechnen müssen. Wenn es etwas umsonst gab, dann war sie nicht weit weg. Gott sei Dank waren die Gartenlaube und der Pavillon, den ich aufbauen wollte, sowie der gesamte Garten groß genug, um sich aus dem Weg zu gehen. Hoffentlich spielte das Wetter mit. Sonst würde ich ein wenig umdisponieren müssen, doch die große Doppelgarage war groß genug für die Feier, die mir vorschwebte. Aber die Hoffnung stirbt zuletzt, und ich war felsenfest davon überzeugt, dass für mich die Sonne einfach scheinen musste.

An meinen attraktiven Helfer verschwendete ich im Wachzustand keinen Gedanken mehr, hatte ihn vollkommen verdrängt, doch in meinen Träumen war er allgegenwärtig. Wenn ich morgens aufwachte, wusste ich, dass ich wieder einmal von ihm geträumt hatte. Von seinen grünen Augen mit den seidigen dichten schwarzen Wimpern, die jede Frau vor Neid erblassen ließen.

Es war vollkommener Blödsinn von ihm zu träumen, mit Sicherheit würde ich ihn nie wiedersehen, und er würde auch keine Gedanken an mich verschwenden. Meine Träume zeigten mir jedoch, wie viel in meiner Ehe nicht stimmte. Leider. Ich begann langsam für mich zu akzeptieren, dass ich Fabian nicht mehr liebte. Wie gern hätte ich etwas geändert, doch irgendwie fühlte ich mich nicht in der Lage dazu. Ich war froh, dass Fabian nicht da war. Und doch schweiften meine Gedanken immer wieder zu früheren Zeiten ab.

***

Als meine Eltern starben, war ich noch keine zwanzig Jahre alt, und die Tatsache, dass sie plötzlich nicht mehr für mich da waren, konnte ich nur schwer verdauen. Wir hatten immer ein sehr enges Verhältnis, meine Mutter war wie eine gute Freundin, mit der ich über alles reden konnte und mein Vater ein toller Kumpel und mein Fels in der Brandung.

Ich fiel in ein tiefes Loch, lief wochenlang wie ferngesteuert durch die Gegend und war zu nichts zu gebrauchen. Wenn ich ganz ehrlich war, so konnte ich mich an diese Zeit nur noch sehr dunkel und vage erinnern. Dass ich auf meine besten Freunde und Onkel Rudi zählen konnte, war damals sehr wichtig und so hatte sich die Spreu vom Weizen getrennt. Ich hatte nicht viele echte Freunde und die, die es nicht waren, wandten sich von mir ab, als es mir nicht gut ging. Es war eine Zeit der Verluste, aber auch der Freundschaften gewesen. Mein Chef war damals sehr verständnisvoll, was ich ihm bis heute hoch anrechnete. Mit seiner Hilfe hatte ich alles in der Ausbildung versäumte nachholen können, und so die Prüfung mit Bravour bestanden.

Mein zwanzigster Geburtstag ging an mir vollkommen vorüber, ja, ich dachte nicht einmal daran. Erst einige Wochen später, als ich zum ersten Mal das Haus verließ, traf ich auf Fabian. Meine beste Freundin Steffi entführte mich ins Café, damit ich etwas anderes sah als meine vier Wände oder die Arbeitsstelle. Es war nicht gerade Liebe auf den ersten Blick, als sein Kuchen auf meiner Hose landete, doch es entwickelte sich langsam etwas zwischen uns.

Er ließ nicht locker, bis ich ihm schließlich meine Telefonnummer gab, was dazu führte, dass wir uns nochmals trafen. Es dauerte eine Weile, bis ich merkte, dass ich mich verliebt hatte, während er sich seiner Sache schon recht schnell sicher war.

Bald darauf zog Steffi, die vorübergehend bei mir wohnte, bis es mir wieder besser ging, bei mir aus, und Fabian ein. Zwei Jahre später heirateten wir. Doch wie lange waren wir glücklich? Ich glaube, ich fiel von meiner rosa Wolke, als ich mich nach zwei Jahren unerfüllten Kinderwunschs mit der Möglichkeit konfrontiert sah, dass ich vielleicht nie eine eigene Familie haben würde. Meine Eltern waren tot, Großeltern hatte ich keine und Geschwister gab es ebenfalls nicht. Konnte denn da niemand verstehen, dass ich mich nach etwas Eigenem sehnte? Etwas, das mir ein wenig Rückhalt im Leben gab?

Von Fabian hatte ich den schon lange nicht mehr bekommen und je mehr ich darüber nachdachte, desto klarer sah ich es. Vielleicht hatte ich ihn auch nie richtig geliebt, sondern eher nach einem Strohhalm gegriffen, nachdem ich ziemlich allein auf der Welt stand? Das war kein angenehmer Gedanke und würde auch nicht für mich sprechen. Ich erinnerte mich an unsere guten Zeiten, an den Spaß, den wir geteilt hatten und das Kribbeln im Bauch, auf das ich mich immer verlassen konnte. Doch, ich hatte ihn geliebt, aber er war nie die

Liebe meines Lebens gewesen, wie mir bewusst wurde.

Ich durfte einige gute Freunde mein eigen nennen, auf die ich mich blind verlassen konnte und zum anderen waren da Onkel Rudi und ein paar entfernte Cousinen und Cousins. Die meisten Onkel und Tanten waren älter als meine Eltern gewesen und teilweise früh verstorben, sodass sich meine Familie auf den traurigen Rest beschränkte, den ich nicht kannte.

Diese unerfreulichen Gedanken wischte ich beiseite, das zog mich nur herunter und ich hatte es so etwas von satt, mich wegen Fabian schuldig zu fühlen. Also kuschelte ich mich in die Kissen und schlief wenig später über meinem Buch ein.

Am Montagmorgen konnte ich meinen Fuß wieder einigermaßen gebrauchen und durfte in der Praxis meinem eigentlichen Job nachgehen. Mit dem leichten Schmerz kam ich ebenso zurecht, wie mit dem Humpeln. Die unhandlichen Krücken landeten schnellstens wieder als Staubfänger im Abstellraum. Zumindest arbeitstechnisch herrschte damit wieder die bekannte Ordnung.

Zu Hause gingen Fabian und ich uns immer mehr aus dem Weg. Es tat weh, dass alles nun so endete. Immer wieder versuchte ich mich mit dem Gedanken anzufreunden, doch mein eigenes Scheitern zu akzeptieren, war schwer. Dazu brauchte ich noch ein wenig Zeit.

Nichtsdestotrotz half Fabian mir dabei, meine Party vorzubereiten. Am eigentlichen Tag bekam ich ein Geschenk von ihm überreicht, obwohl ich, wenn ich ganz ehrlich war, nicht damit rechnete.

„Herzlichen Glückwunsch zum Geburtstag Natalie." Mit einem, wie ich meinte, verlegenen Lächeln drückte er mir das kleine Päckchen in die Hand. Zum ersten Mal seit längerem, umarmte ich ihn freiwillig und gab ihm einen spontanen Kuss, um mich zu bedanken.

„Vielen Dank!"

Darüber schien er ehrlich überrascht zu sein und wiegelte ab, schließlich war noch viel zu erledigen. Er ließ mir nicht einmal die Zeit zum Auspacken, sondern drängte mich dazu, die weiteren Vorbereitungen in Angriff zu nehmen. Der Pavillon musste aufgebaut, Tische und Bänke arrangiert und Musik heraus gesucht werden. Der Partyservice kam um halb sieben mit dem Essen und bis dahin mussten wir lange fertig sein.

Endlich waren wir mit allem zufrieden und da es bereits fünf Uhr war, ging ich ins Haus, um zu duschen und mich fertig zu machen. Das Wetter hielt sich die letzten Tage wunderbar und auch heute sah es nach einer lauen Nacht aus. So entschied ich mich für einen kurzen Rock und ein einfaches Blusenshirt. Mein Haar steckte ich lässig hoch und ließ einige Strähnen ins Gesicht und auf den Rücken fallen. Make-up legte ich nur sparsam auf, viel war gar nicht nötig. Zufrieden drehte ich mich vor dem Spiegel. Meine Augen strahlten vor lauter Vorfreude auf den Abend und meine Wangen waren leicht gerötet. Ja, heute fühlte ich mich wirklich gut und man sah es mir auch an. So sollte es sein.

Pünktlich um sechs Uhr trafen meine Schwiegereltern ein, und ich ging nach unten, um sie zu begrüßen. Wir wollten gerade gemeinsam ums Haus gehen, als der schicke Roadster meiner

Schwägerin schwungvoll um die Ecke bog. Leider war auch sie pünktlich, was nur allzu selten vorkam. Das Auto hatte sie sich nach ihrer dritten Scheidung gegönnt und wie es aussah, schien sie nicht allein zu sein. Nett, dass sie in Begleitung kam, ohne vorher Bescheid zu sagen. Wenn mich nicht alles täuschte, so handelte es sich weder um meine Nichte noch um meinen Neffen. Die beiden wären mir herzlich willkommen gewesen.

Aber das war mal wieder typisch Marie. Der Einzige, der in ihrem Leben wirklich zählte, war sie selbst. Nach mir die Sintflut schien ihr Motto zu sein, und solange ich denken konnte, war es nie anders gewesen. Das Schlimmste war, sie kam damit überall durch. So etwas wie Rücksicht kannte sie nicht, und ohne ihre Eltern wären ihre beiden Kinder vermutlich unter die Räder gekommen. Zum Glück hatten Sophie und Nils mit ihrer Mutter wenig gemein und waren ganz anders. Die beiden mochte ich wirklich gern. Leider sah ich sie nur noch selten. Teenies eben, die hatten nicht ständig Bock mit der Verwandtschaft herumzuhängen. Ich war früher nicht anders gewesen, wie ich zugeben musste.

Ich seufzte und schickte meine herzensguten Schwiegereltern schon in den Garten vor. Danach wandte ich mich wieder um, um Marie und ihren Begleiter mit einem hoffentlich überzeugenden Lächeln zu begrüßen. Unbemerkt war Fabian neben mir aufgetaucht.

„Oh, da ist ja meine herzallerliebste Schwester." Sein sarkastischer Tonfall strafte sein Lächeln Lügen. In diesem Fall waren wir einer Meinung. Er mochte sie ebenfalls nicht wirklich.

„Wer ist ihr Freund?", wollte er dann neugierig von mir wissen, als ob ich das wüsste.

„Ich habe keine Ahnung, aber wir werden es gleich erfahren."

Fabian und ich bildeten eine Front, wie wir Schulter an Schulter da standen, um sie zu begrüßen. Sie ließ sich Zeit, stieg langsam aus, rückte ihren megakurzen Mini zurecht und kam auf uns zu. Für meine Gartenparty hatte sie äußerst passendes Schuhwerk gewählt, wie ich mit einem hämischen Grinsen feststellen musste. Wer, außer ihr, zog zu so etwas schon High Heels an? Und wie konnte sie mit den Dingern Auto fahren? Es war mir ein Rätsel.

„Hallo Bruderherz. Natalie, herzlichen Glückwunsch zum Geburtstag. Da du jetzt im Klub der Dreißigjährigen angekommen bist, kannst du deine Falten auch bald zählen." Da sie drei Jahre älter war als ich, musste sie ja genau Bescheid wissen! Ich, für meinen Teil, konnte auf meinem Gesicht kein einziges Fältchen entdecken. Ihr Lächeln war so falsch, wie es nur ging und ihr Tonfall überheblicher denn je. „Ich hoffe, es stört dich nicht, aber ich habe meinen neuen Freund mitgebracht."

Als ob es sie wirklich interessieren würde, wenn ich etwas dagegen hätte. Ich biss die Zähne zusammen und atmete tief durch, bevor ich ein strahlendes Lächeln auf mein Gesicht zauberte. „Aber ganz und gar nicht. Einen mehr bekommen wir sicher noch satt."

„Er musste noch kurz telefonieren und kommt sofort."

Kaum hatte sie zu Ende gesprochen, öffnete sich die Autotür, und ein großer Mann stieg aus. Genervt, wie ich war, sah ich erst genauer hin, als er uns schon fast erreicht hatte. Ungläubig riss ich die Augen auf, und mir klappte buchstäblich die

Kinnlade herunter. Das war doch mein Retter von neulich! Patrick! Was machte der denn hier? Dumme Frage, schließlich war er gemeinsam mit Marie gekommen. Oh nein, seine bessere Hälfte konnte doch nicht wirklich sie sein! Wie passte das denn zusammen? Mein Herz stolperte, bevor es einen Deut schneller als normal weiterschlug und ein ungewohntes Kribbeln breitete sich warm in meinem Bauch aus.

„Natalie, das ist mein Freund Patrick. Er ist Arzt. Nur für den Fall, dass du mal wieder behaupten willst, ich bekäme nichts auf die Reihe."

Mehr als überrascht schaute er Marie von der Seite an und zog eine Augenbraue hoch. Ich schnappte nach Luft, schluckte eine scharfe Erwiderung hinunter und rang mir trotz allem ein Lächeln ab.

„Hallo, nett, dich kennen zu lernen."

„Hallo Natalie, alles Gute zum Geburtstag."

„Danke." Ich ergriff seine ausgestreckte Hand und blickte ihm in die unvergleichlichen Augen. Wenigstens sein Lächeln war echt und kam von Herzen. Bevor ich noch etwas sagen konnte, ergriff Marie seine Hand und zog ihn mit sich davon, während er mich mit einem bedauernden Lächeln bedachte. Was der nun von mir dachte, nach dieser eindrucksvollen Begrüßung? Dass er ausgerechnet ihr Freund sein musste.

Suchend sah ich mich nach Fabian um, aber der war während der netten Begrüßung irgendwohin verschwunden und ließ sich nicht mehr blicken.

Wie erwartet, hatte Marie es nicht für nötig gehalten, ein Geschenk mitzubringen, was auch besser war, denn meistens verschenkte sie irgendeinen Schrott. Im Grunde war es egal, ich wusste ja, von wem es kam, außerdem musste ich mich um meine nächsten Gäste kümmern. Schließlich wollte ich nicht den ganzen Abend vor der Tür stehen, sondern mitfeiern. Heute Abend würden genug Menschen kommen, die mich mochten, da fiel Marie nicht weiter ins Gewicht.

Es freute mich ungemein, dass auch mein Chef, Dr. Grünhart, und seine Frau unter den nächsten Neuankömmlingen waren. Bis gestern war nicht sicher gewesen, ob er überhaupt kommen würde. Das war eine schöne Überraschung!

Bald darauf traf auch der Partyservice mit dem Essen ein, und ich konnte meine Gäste offiziell begrüßen. Dafür sprang ich über meinen eigenen Schatten, nahm das Mikro der Musikanlage und bat für einen Moment um Ruhe.

„Mein lieben Freunde, wie ihr wisst, bin ich heute dreißig geworden und möchte dies gern gebührend mit euch feiern. Ich freue mich sehr, dass ihr alle gekommen seid und damit ist das Buffet eröffnet. Ich wünsche uns einen guten Appetit und viel Spaß am heutigen Abend."

Meine Gäste spendeten Applaus und machten sich sodann übers Essen her, während ich mir etwas Kräftigeres zu trinken besorgte und die Tatsache zu verdauen versuchte, dass Patrick so unvermittelt aufgetaucht war. Möglichst unauffällig hielt ich immer wieder nach ihm Ausschau. Gegen diese Anziehungskraft war ich scheinbar machtlos. Er saß mit meinem Chef zusammen und unterhielt sich angeregt mit ihm. Da hatten sich die Richtigen gefunden. Wo hatte er denn Marie gelassen?

Ah, da war sie ja. Mit leicht verbissener Miene saß sie bei ihren Eltern und stocherte lustlos auf ihrem Teller herum. Der Blick, den sie zu Patrick hinüber warf, sprach Bände. Offensichtlich war sie mit der Situation unzufrieden, schließlich war sie es nicht gewohnt, von einem Mann aufs Abstellgleis geschoben worden zu sein.

Bei ihren ersten beiden Scheidungen war sie die treibende Kraft gewesen, nur der letzte Mann, ein wirklich netter Kerl, hatte nach einem halben Jahr selbst die Flucht ergriffen. Als Trost kaufte Marie sich den kleinen Sportwagen. Aber Medizin war nicht wirklich etwas, das sie brennend interessierte, soweit ich sie kannte. Wie sich dieses ungleiche Paar wohl kennen gelernt hatte? Wenn die beiden gut zusammen passten, fraß ich einen Besen, oder ich musste mich arg in Patrick täuschen. Allein sein Anblick verursachte bei mir Herzklopfen, und das nicht zu knapp. Ich zwang mich dazu, mir selbst etwas zu Essen zu holen und danach bei meinen Freunden die Runde zu machen.

DREI

Gegen Mitternacht musste ich mich dem ganzen Trubel einfach entziehen und zog mich in den ruhigeren Teil des Gartens zurück. Ich brauchte etwas Abstand, um durchzuatmen. Es war anstrengend eine gute Gastgeberin und sich gleichzeitig der Anwesenheit dieses einen bestimmten Gastes so bewusst zu sein. Wie oft hatte ich mich heute dabei ertappt, wie ich ihn anstarrte? Leider viel zu häufig. Ich brauchte eine Pause.

Fabian fand mich schließlich auf einer Bank sitzend, wo ich vor mich hin träumte. Es war eine herrliche Nacht. Der Mond schien hell und die Sterne funkelten am Firmament. Von hier konnte ich deutlich die Geräusche des nahen Waldes hören, der längst nicht mehr so bedrohlich wirkte, wie noch vor zwei Wochen, als ich dort allein war. Erst als er neben mich trat, schrak ich hoch.

„Was machst du hier?", fragte er ungehalten und mit gerunzelter Stirn. Das beherrschte er wirklich gut. „Dass da drüben ist doch wohl deine Party, und ein paar Gäste wollen sich von dir verabschieden."

Leicht verärgert über die Störung schaute ich zu ihm auf und runzelte die Stirn. „Ich brauchte einfach einen Moment Ruhe, bin ja gleich wieder da."

„Weißt du, im Moment bist du ziemlich rücksichtslos mir gegenüber." Sein Tonfall war unbeteiligt und dass er getrunken hatte, wusste ich, und dass er nicht zu den Menschen gehörte, die sich wahllos voll laufen ließen, auch. Doch nun wirkte er ziemlich betrunken, einschließlich der Tatsache, dass ihm die Zunge schon etwas schwer wurde und der Verlust der Muttersprache drohte. Gerade Fabian behielt eigentlich immer den Durchblick. Ihn nun so zu sehen, versetzte mir einen Stich. Dafür fühlte ich mich teilweise mit verantwortlich. In diesem Zustand wollte ich nicht mit ihm darüber reden und schon gar nicht heute. Das war mein Tag, und den wollte ich mir nicht kaputt machen lassen.

„Ach Fabian, lass uns doch morgen in Ruhe darüber reden. Es ist nun wirklich nicht der richtige Zeitpunkt und auch nicht der Ort dafür."

„Den wird es nie geben", unterbrach er mich mürrisch. „Seit Monaten hältst du mich schon auf Abstand, im Bett läuft seitdem auch nichts mehr. Und nun kenne ich auch den Grund."

„Wovon redest du da bitte?", fragte ich ehrlich überrascht.

„Ich hab doch gesehen, wie du ihn abgeschaut hast."

„Wen denn?", fragte ich, obwohl ich die Antwort bereits wusste.

„Patrick natürlich. Diesen Blick habe ich ewig nicht mehr bei dir gesehen. Du brauchst es gar nicht zu leugnen, ich habe Augen im Kopf. Wie lange läuft da schon was zwischen euch? Weiß Marie darüber Bescheid? Wohl eher nicht, sonst wäre sie vorhin nicht so ruhig gewesen."

Sprachlos starrte ich ihn an. Mit diesem massiven Angriff hatte ich nicht gerechnet. Der unterstellte mir doch glatt eine Affäre! Ich hätte wissen müssen, dass Fabian mich gut genug kannte, um in mir zu lesen. Das hatte er von Anfang an gut beherrscht. Ich hatte schon immer Schwierigkeiten damit gehabt, meine Gefühle vor anderen zu verbergen. Trotzdem schüttelte ich den Kopf, schließlich hatte ich mir bislang nichts zuschulden kommen lassen.

„Spinnst du? Da läuft überhaupt nichts. Wie kommst du nur auf so eine Idee?"

„Ich habe doch Augen im Kopf", wiederholte er beharrlich.

„Verdammt Fabian." Langsam ging er mir tierisch auf die Nerven und ich fühlte, dass ich immer gereizter wurde. Ich presste einen Finger fest gegen die Nasenwurzel und kämpfte verzweifelt um Gelassenheit, etwas, was ich nicht empfand. „Ich habe den Mann heute erst zum zweiten Mal in meinem Leben gesehen. Er ist der Arzt, der mir neulich geholfen hat, mehr ist nicht gewesen. Ich war einfach nur überrascht, ihn heute hier zu sehen."

„Wer's glaubt. So viel Zufall gibt es gar nicht." Fabian blitzte mich wütend an. Und doch, unter seiner Wut konnte ich auch verletzte Gefühle entdecken. Dabei hatte ich doch wirklich nichts weiter getan, als einen anderen Mann attraktiv zu finden.

„Gut, ich gebe zu, dass er attraktiv ist, das ist aber auch schon alles. Bist du nun zufrieden?"

Doch Fabian glaubte mir natürlich nicht, das war ihm nur allzu deutlich anzusehen.

„Fabian, ich weiß selbst im Augenblick nicht, was ich will. Mir geht dieser Sex nach Kalender schon ewig auf den Geist und vielleicht wäre das gar nicht so, wenn du dich auch mal hättest untersuchen lassen. Aber allein der Vorschlag war ja schon ein Angriff auf deine Männlichkeit." Ja, jetzt war es raus, auch wenn der Zeitpunkt denkbar schlecht war.

„Ach, nun bin ich also schuld, oder was? Das wird ja immer schöner. Aber keine Sorge, morgen ziehe ich aus", verkündete mein Mann daraufhin abschließend.

Heiße Wut kocht in mir hoch. Ich sprang auf und hielt ihn am Arm fest, als er sich einfach umdrehen und fortgehen wollte. Erst die Bombe platzen lassen und dann einfach abhauen? Nicht mit mir. Der hatte sie doch nicht mehr alle! Was hatte ich bisher groß verbrochen? Und geklärt war wieder gar nichts.

„Warum?", fauchte ich. „Weil ich zugegeben habe, dass ich einen anderen Mann attraktiv finde? Das ist doch totaler Blödsinn. Wie oft gaffst du denn ungeniert anderen Frauen hinterher? Ich bitte dich. Habe ich jemals etwas dazu gesagt, auch wenn es mich gestört hat?"

„Vielleicht hättest du das tun sollen", antwortete er leise. „Mein Entschluss steht jedenfalls fest." Damit befreite er seinen Arm aus meinem Griff und wollte gehen. Ich unternahm einen letzten Versuch, obwohl ich gar nicht wusste, was uns das bringen sollte.

„Fabian, wir können doch über alles reden, vielleicht brauchen wir noch ein wenig Zeit."

„Wie viel Zeit willst du denn noch? Lass mich in Ruhe, morgen bin ich endgültig weg. Du liebst mich schon lange nicht mehr, und ich bin auch nicht sicher, dass ich dich noch liebe." Damit schubste er mich unsanft zur Seite und ging, ohne sich weiter um mich zu kümmern. Leider stolperte ich, weil ich nicht damit gerechnet hatte, geschubst zu werden, und landete unsanft auf dem Allerwertesten.

Das hatte ich wirklich toll hinbekommen, aber mir hätte klar sein müssen, dass Fabian irgendwann die Nase voll haben würde. Irgendwie hatte ich gehofft, noch ein Mal die Kurve zu kriegen, wie mir bewusst wurde. Allein war ich auf jeden Fall nicht schuld daran, das ließ ich mir nicht in die Schuhe schieben.

Toller Geburtstag. Drama inklusive. Was konnte nun noch passieren? Ich blieb erst einmal dort sitzen, wo ich war. Ließ ich mir nun den Abend verderben oder ging ich weiter Party machen?

„Ach Scheiße, ich wollte dich doch niemals verletzen", flüsterte ich in die Dunkelheit. Natürlich konnte er es nicht mehr hören, aber ich bedauerte es trotzdem. Ab morgen saß ich allein in meinem Haus. Doch würde es wirklich so viel anders sein als sonst in letzter Zeit?

Wie oft hatte ich meine Abende allein verbracht, während Fabian unterwegs war oder in seinem Arbeitszimmer saß? Unzählige Male. Aber, wie ich zugeben musste, war ich froh gewesen, meine Ruhe zu haben. Dass er allerdings den Nerv hatte, den schwarzen Peter komplett an mich weiter zu geben, war ein starkes Stück.

„Das war dann wohl der Anfang vom Ende", ertönte hinter mir leise eine wohlbekannte Stimme. „Leider habe ich unabsichtlich eure Unterhaltung mit angehört."

Ich schwieg und atmete tief durch. Hatte er etwa alles mitbekommen? Patrick ließ sich auf der Bank nieder, während ich beharrlich meinen Blick gesenkt hielt. Tränen standen in meinen Augen, und ich wollte nicht, dass er es sah. Gerade eben hatte mich mein Mann verlassen, ich war dreißig, total unzufrieden mit meinem Privatleben und überhaupt wollte ich nur in Ruhe gelassen werden. Konnte er das nicht verstehen? Doch er saß nur da und wartete ab.

„Weißt du, manchmal ist es besser, wenn man seinen Kummer raus lässt", sagte er schließlich leise.

„Ich wollte ihm nicht weh tun", brach es mit einem Mal aus mir heraus. „Verdammt, ich weiß doch auch nicht, was im Moment mit mir los ist." Dann schlug ich die Hände vors Gesicht und begann bitterlich zu weinen. Scheißtag. Erst ging Fabian, dann bekam Patrick auch noch alles mit. Schlimmer ging es fast nicht mehr. Oder?

Patrick

Er betrachtete das Häufchen Elend zu seinen Füßen nachdenklich. Mittlerweile bereute er, dass er ihre Einladung von neulich nicht angenommen hatte, denn er hatte ihr Lächeln nicht mehr aus dem Kopf bekommen. Das und ihre strahlenden blauen Augen. Daran hatte auch ihr derangierter Zustand bei ihrem letzten Treffen nichts geändert. Und dann war da auch noch Marie gewesen, der er sich irgendwie verpflichtet gefühlt hatte, obwohl sie nicht zusammen waren. Heute Abend hatte sie sich allerdings so was von daneben benommen, dass er sich geschämt hatte, ihr Begleiter zu sein.

Es war nicht sein Stil, sich mit mehreren Frauen gleichzeitig zu verabreden. Obwohl man das, was zwischen ihm und Marie war, noch nicht Beziehung nennen konnte. Immer wieder hatte er an Natalie denken müssen. Welch ein Zufall, dass er ihr ausgerechnet an ihrem Geburtstag wieder begegnete. Als Marie von der Party erzählt hatte, hatte er erst gar nicht mitkommen wollen. Es war eine Überraschung gewesen, als sie schließlich vor eben dem Haus angehalten hatte, vor dem er selbst erst vor zwei Wochen gestanden hatte, um sich von einer anziehenden jungen Frau zu verabschieden.

Das Lächeln erstarb auf seinen Lippen, als er daran dachte, dass Marie nicht einmal ein Geschenk mitgebracht hatte. Er war davon ausgegangen, dass sie es abgegeben hatte, als er noch im Auto saß, doch wie er heraus gefunden hatte, war dem nicht so. Hätte er das gewusst, hätte er selbst etwas besorgt und wenn es nur ein Strauß Blumen gewesen wäre. Er lächelte beim Gedanken daran, dass Natalie ihn attraktiv fand. Das war doch mal eine gute Ausgangsbasis, zumal sie ja jetzt solo war. Das war zumindest eine Tatsache, die er nicht bedauerte, anders als ihre Tränen.

Natalie

Schließlich zog er mich hoch auf seinen Schoß, um mich zu trösten. Sofort vergrub ich mein Gesicht an seiner Schulter und weinte weiter. Da hatte sich einiges in mir aufgestaut, das wirklich raus musste. Immer wieder strich er mir sanft über den Rücken und murmelte tröstende Worte, bis ich schließlich nach einer ganzen Weile ruhiger wurde und verstummte. Dafür wurde ich mir seiner Nähe immer bewusster, hörte seinen gleichmäßigen Herzschlag, der mich beruhigend einlullte. Sein Duft war genauso betörend wie beim letzten Mal. Frisch, männlich, teures Eau de Toilette.

Patrick suchte ein Taschentuch und gab es mir. Verlegen griff ich danach und verbarg mein Gesicht darin. Wie peinlich das doch alles war! Ich hätte mir selbst in den Hintern beißen können. Warum musste ich ihm immer in für mich ungünstigen Situationen begegnen?

„Besser?", fragte er leise und strich mir beinahe zärtlich eine Haarsträhne aus dem Gesicht. Diese sanfte Berührung löste einen Schauer in mir aus, den ich nicht zu unterdrücken vermochte. Ich schnappte nach Luft. Da war es wieder, dieses 100.000 Volt Gefühl. Brodelndes Feuer schoss durch meine Adern, ließ Verlangen in mir hochkochen und fuhr direkt in meinen Unterleib. Meine Haut prickelte am ganzen Körper, sehnte sich nach seiner Berührung. Verwirrt hob ich den Kopf und begegnete seinem Blick. Da ich zu einer Antwort nicht fähig war, weil ich meiner Stimme nicht vertraute, nickte ich nur. Und tatsächlich schien mein Kummer erheblich kleiner geworden zu sein.

Morgen würde ich in der Lage sein, mich mit allem auseinanderzusetzen, da war ich mir plötzlich sicher. Unwillkürlich fragte ich mich, wie mein Gesicht aussehen mochte, nachdem ich gefühlte Stunden lang geheult hatte. Der Mann fühlte sich verdammt gut an, wie er mich in den Armen hielt, und er hatte bei meiner Heulerei nicht die Flucht ergriffen. Pluspunkt für Patrick.

Mit einem Mal lag seine Hand in meinem Nacken, und er liebkoste mit einem Finger meine Haut. Mein Körper, der verräterische, reagierte darauf prompt mit einer Gänsehaut, und ich konnte nicht mehr klar denken. Alles verlor an Bedeutung, nur noch wir beide zählten. Als er mit seinem Mund meine Lippen streifte, schloss ich die Augen und viel hätte nicht mehr gefehlt, und ich hätte beide Arme um ihn geschlungen. Es war nur der Hauch eines Kusses, der unsanft unterbrochen wurde.

„Was zum Teufel treibt ihr hier?", keifte mit einem Mal eine böse Stimme vor uns. Marie.

Ertappt fuhren wir auseinander, und ich sprang auf. Was hatte ich mir nur dabei gedacht? Das Blut schoss mir ins Gesicht vor Scham. Wie hatte ich nur vergessen können, dass er ihr Freund war?

Mit einem Satz war sie bei mir und bevor ich noch irgendwie reagieren konnte, hatte ich klatsch, ihre Hand dermaßen heftig ins Gesicht bekommen, dass mein Kopf zur Seite flog.

Sprachlos und benommen berührte ich die Stelle, an der sie mich getroffen hatte. Es brannte wie Feuer, und ich schnappte nach Luft. Ihre Attacke wirkte wie ein Schwall Eiswasser und erstickte jegliches Verlangen. Verblüfft starrte ich sie an. Eins musste man ihr lassen, hinter diesem Schlag hatte ordentlich Wucht gesessen, und sie hatte eine geradezu mörderische Wut auf mich. Wo um alles in der Welt kam die auf einmal her?

„Lass die Finger von meinem Freund, du Miststück!", fauchte sie. Wenn Blicke töten könnten, wäre ich garantiert auf der Stelle tot umgefallen, und ich war ehrlich froh, dass sie keine andere Waffe zur Hand hatte. Weil ich mich tatsächlich ein wenig schuldig fühlte, schwieg ich, auch wenn die Initiative mehr von ihm ausgegangen war. Ich hätte nein sagen können, wenn ich dazu in der Lage gewesen wäre. Und als Miststück hatte mich auch noch niemand beschimpft.

Doch als sie erneut ihre Hand hob und auf mich losgehen wollte, schritt Patrick ein und hielt sie fest. „Lass es besser bleiben", warnte er sie mit gefährlich ruhiger Stimme. „Wenn du meinst, jemanden schlagen zu müssen, dann hätte ich es verdient. Ich habe sie getröstet und auch geküsst. Es war nicht ihre Schuld. Und wir beide, Marie, haben uns erst ein paar Mal getroffen, mehr nicht. Ich kann nicht behaupten, dass ich dich als meine Freundin bezeichne. Du hättest es vielleicht werden können, doch nach dem heutigen Abend wirst du mich nicht mehr wiedersehen, so viel steht fest. Dein Verhalten war so unmöglich und peinlich, damit will ich nichts mehr zu tun haben."

Er ließ sie los und trat zwischen uns beide. Mit einer raschen Bewegung streifte er den goldenen Ring vom Finger und ließ ihn in seine Hosentasche gleiten. Offenbar war er nur das Symbol dafür gewesen, dass er nicht mehr zu haben war. Nun war das wohl anders. Mein Herz vollführte einen

Purzelbaum und das inzwischen wohlbekannte Kribbeln in der Magengegend setzte wieder ein, als mir das klar wurde.

Ich bemerkte das zornige Funkeln in ihren Augen und wappnete mich innerlich gegen den nächsten Angriff, der unweigerlich folgen musste. Ich kannte doch Marie. Die würde nicht sofort klein bei geben. Anders als bei Fabian konnte ich in ihren Augen nur Zorn, aber keinerlei Anzeichen für verletzte Gefühle ausmachen. Hier hatte nur ihr Stolz gelitten.

„Also hat es die kleine Schlampe geschafft, dich um den Finger zu wickeln? Hätte ich dich doch bloß nicht mitgenommen", fauchte sie.

„Es hätte nichts daran geändert, dass du bist, wie du bist", entgegnete er ruhig. „Und früher oder später wäre dein wahres Ich ohnehin ans Tageslicht gekommen. Mir ist früher ehrlich gesagt lieber."

Unauffällig versuchte ich, mich zu verdrücken. Das ging nur die beiden etwas an. Grob wurde ich zurückgerissen. Irgendwie war sie an Patrick vorbei gekommen. So langsam reichte es für diesen Abend, und ich fühlte meinerseits heiße Wut in mir aufsteigen. Jetzt nur ruhig bleiben, mahnte ich mich, auch wenn sich ihre Finger geradezu schmerzhaft in meinen Arm bohrten. Und sie war noch nicht fertig mit mir.

„Du bist immer noch genau so ein Flittchen wie früher, als wir noch zur Schule gingen. Das wirst du bereuen. Fabian hatte tatsächlich recht. Aber ich musste es mit eigenen Augen sehen." Also hatte ich ihm diesen Überfall zu verdanken.

Innerlich kochte ich und atmete tief durch, bevor ich ihr leise aber mit fester Stimme antwortete. „Nimm deine Finger weg, bevor ich sie dir breche. Wäre doch schade, um deine kunstvollen Nägel. Es reicht endgültig. Raus hier. Sofort. Und lass dich hier besser nie wieder sehen."

„Das hast du mir nicht zu sagen." Ihre Stimme zitterte leicht verunsichert und sie lockerte ihren Griff. Mit einem Ruck entzog ich ihr meinen Arm und widerstand der Versuchung die Stelle zu massieren.

„Oh doch. Mein Haus, meine Ansage. Also hau ab, bevor ich die Polizei rufe." Ich blitzte sie nicht weniger wütend an, als sie mich zuvor.

„Das wirst du noch bereuen", zischte sie nochmals und ging hoch erhobenen Hauptes.

Bisher bereute ich nur, dass ich sie eingeladen hatte und auf diesen Showdown hätte ich auch liebend gern verzichten können.

Einen Moment herrschte Schweigen, dann wurde es von Patrick gebrochen.

„Sieht so aus, als würde ich mir ein Taxi rufen müssen, um nach Hause zu kommen", meinte er in leichtem Plauderton. Ich fuhr herum. Es war mir nicht bewusst gewesen, dass er immer noch da war.

„Sieht ganz so aus", murmelte ich bestätigend.

Er kam näher, umfasste sanft mein Kinn und drehte mein Gesicht ins Licht. „Alle Achtung, sie hat einen ordentlichen Abdruck hinterlassen", stellte er fest. „Tut es noch weh?"

„Marie hat hauptsächlich meinen Stolz verletzt", behauptete ich leise und starrte wie gebannt in seine funkelnden Augen. Angesichts der neuerlichen Berührung begann mein Puls zu rasen. Was hatte dieser Mann nur an sich?

„Es tut mir leid, ich war zu überrascht, um zu reagieren."

„Nicht deine Schuld." Hingerissen starrte ich weiter in seine grünen Augen, immer noch unfähig wegzusehen. Würde er mich wieder küssen? Um ehrlich zu sein, wünschte ich mir im Augenblick nichts sehnlicher. Ich wollte den ganzen Mist mit Fabian und Marie vergessen, wollte mich endlich wieder lebendig und begehrt fühlen. Dieses Prickeln unter der Haut hatte ich viel zu lange vermisst. Noch ein Mal in seinen Armen liegen. Oh bitte, nun küss' mich endlich, flehte ich innerlich. Doch nichts passierte.

„Ich sollte mich wohl wieder auf meiner Party sehen lassen", sagte ich schließlich.

„Du hast recht", stimmte er mir zu, rührte sich aber weder vom Fleck, noch ließ er mich los. Widerwillig ließ ich seinen Blick los und wollte mich abwenden, als er mit einem Mal mein Gesicht zärtlich in seine Hände nahm und mich tatsächlich richtig küsste. Meine Gefühle wirbelten wild durcheinander und wie von selbst schlang ich dieses Mal meine Arme um ihn. Was vorher nur der Hauch eines Kusses gewesen war, wurde nun zu etwas handfesterem, leidenschaftlicherem, sodass ich alles drum herum vergaß. Das Blut rauschte in meinen Ohren, und jeder Herzschlag schickte pulsierendes Verlangen durch meinen Körper. Ich presste mich eng an ihn und spürte, dass er bereits hart war. Der Mann begehrte mich ebenso wie ich ihn! Freude wallte in mir auf.

Doch er ließ mich so unvermittelt los, dass ich leicht taumelte, und trat einen Schritt zurück, während ich noch zu ergründen versuchte, was jetzt passiert war. Küsste ich etwa so schlecht?

„Geh ruhig, ich würde gern noch ein Weilchen hierbleiben." Sein kühler Blick und seine abwehrende Haltung verunsicherten mich zutiefst. Er begehrte mich doch? Warum stieß er mich so rüde von sich? Tränen brannten in meinen Augen. Ich wollte nur noch weg.

„Okay", stammelte ich verwirrt, drehte mich um und schlich langsam Richtung Party zurück. Was sollte das nun wieder? Wie viel Zeit war vergangen, seit ich das Weite gesucht hatte? Patrick hatte mich so kühl angesehen, als er mich weggeschickt hatte. Sah er in mir auch ein Flittchen, weil ich mich von ihm hatte küssen lassen? Seine Zurückweisung schmerzte. Kein Wort hatte er über diesen Kuss verloren, den er sich gestohlen hatte.

Ich war wütend. Zu oft war ich an diesem Abend und in letzter Zeit herum geschubst worden. Nun auch noch von ihm. Ich war doch keine Marionette. Was dachten die sich eigentlich alle?

VIER

Patrick

Patrick wusste, dass er sich soeben wie ein Arsch verhalten hatte, und es tat ihm leid. Ihr verletzter Blick ging ihm nicht aus dem Sinn. Doch er war nicht auf den Gefühlsansturm vorbereitet gewesen, den Natalie in ihm ausgelöst hatte. Sie in den Armen zu halten, ihren schlanken Körper zu spüren, hatte sich so gut und so richtig angefühlt.

Ohne groß darüber nachzudenken, hatte er sie auch schmecken wollen. Und er hatte es einfach getan, ohne zu fragen. Doch das war mit einem Mal zu viel gewesen. Wie sie sich an ihn geschmiegt hatte. Auf die aufwallende Lust war er nicht vorbereitet gewesen. Nur einen Moment länger, und er hätte sich vergessen. Nur einen Augenblick länger, und er hätte alles daran gesetzt, mit ihr zu vögeln. Er wollte sie ganz, wollte sich tief in ihr versenken und das, obwohl er sie gerade erst zum zweiten Mal gesehen hatte. Nichts war mehr wichtig gewesen, nichts hatte Bedeutung gehabt.

Das verwirrte ihn zutiefst. Dabei war er doch eigentlich immer Herr seiner Sinne, auch wenn er zugegebenermaßen heute Abend ein paar Bierchen getrunken hatte. Betrunken war er aber noch lange nicht. So etwas war ihm bei einer Frau noch nie passiert. Er ließ sich wieder auf die Bank sinken und dachte intensiv nach.

Wie viel wollte er in eine Beziehung investieren? War er überhaupt schon wieder bereit dazu, sein Herz zu riskieren? Das würde bei Natalie unweigerlich der Fall sein, so viel war ihm klar. Vor Marie war er acht Jahre lang mit Kathrin zusammen gewesen, doch zur geplanten Hochzeit war es nie gekommen. Mit einem Mal konnte sie angeblich nicht mehr damit umgehen, dass er oft unterwegs war und vor allem hatte es sie gestört, dass sich Frauen vor ihm auszogen. Das brachte sein Beruf als Arzt nun mal mit sich. Sie hatte ihm nicht geglaubt, dass er die Frauen nicht als Frauen, sondern als Patienten sah. Doch ihre Argumente waren nur aus der Luft gegriffen gewesen, denn nur zwei Wochen nach der Trennung hatte er sie mit einem anderen Mann gesehen. Und so vertraut, wie die beiden miteinander umgegangen waren, schien auch schon länger etwas zwischen ihnen zu laufen. Er würde viel nachdenken müssen, um sich sicher zu sein, was er wollte.

Natalie

Nun hatte ich überhaupt keine Lust mehr auf meine eigene Party und ging erst einmal ins Bad, um mein Gesicht zu begutachten und wieder richtig zu mir zu kommen. Tatsächlich zierte eine unschöne rote Stelle meine Wange und mit viel Fantasie konnte ich die Abdrücke der einzelnen Finger entdecken. Ich kramte eine Packung Tiefkühlerbsen aus der Kühltruhe und seufzte erleichtert, als die Kälte das Brennen betäubte.

Kurze Zeit später trug ich eine neue Schicht Make-up auf und nun sah man mir den Zusammenstoß mit Maries Hand nicht mehr an. Mich damit zu beschäftigen, lenkte mich von Patrick ab.

Mein Blick fiel auf die Uhr und mit Erschrecken stellte ich fest, dass seit meinem Verschwinden über eine Stunde vergangen war. Es wurde Zeit, in den Garten zurückzukehren, obwohl ich mich lieber verkrochen hätte, um meine Wunden zu lecken. Schade, einige meiner Gäste waren gegangen, ohne sich zu verabschieden, wie ich sofort bemerkte. Sie hatten wohl vergeblich auf meine Rückkehr gewartet.

Mein Chef und meine Kolleginnen waren weg, meine Schwiegereltern und noch einige andere. Von Fabian war keine Spur zu sehen und nach einem Blick aufs Haus stellte ich fest, dass auf dem Dachboden Licht brannte. Er war also in sein Büro geflüchtet. Ob er seine Sachen schon gepackt hatte? Wieso hatte er mir Marie auf den Hals gehetzt? Hasste er mich mittlerweile so sehr?

Ich riss mich von dem Gedanken los, sonst wäre ich unweigerlich in Tränen ausgebrochen. Ob Patrick sich verabschieden würde? Ach, im Grunde war mir gerade alles scheißegal. Jetzt konnte ich genauso gut noch etwas mittrinken und den restlichen Abend genießen, sofern ich mich nicht wieder von irgendetwas runter ziehen ließe.

Also setzte ich mich zu unserer Clique an den Tisch, wo ich mit lautem Hallo begrüßt wurde. „Natalie! Wir haben dich schon vermisst und dachten, du wärst ins Bett gegangen! Wo ist denn Fabian?" Sollte ich erzählen, was geschehen war? Ich entschied mich vorläufig dagegen, ansonsten wäre der Abend nämlich gelaufen gewesen.

„Wir haben uns ein wenig gestritten, und er wollte ins Bett." Mehr sagte ich dazu nicht. Ich musterte unsere Freunde und fragte mich unwillkürlich, wer von ihnen wohl mit mir befreundet bleiben würde, wenn erst einmal unsere Trennung bekannt wurde. Rasch schob ich diesen Gedanken beiseite, denn darüber wollte ich nicht gerade jetzt nachdenken. Während der letzten Jahre waren sie mir alle ans Herz gewachsen. Unsere Clique bestand aus insgesamt acht Personen, uns eingeschlossen. So unterschiedlich die einzelnen Charaktere auch waren, im Endeffekt hielten wir doch immer wieder zusammen und bisher hatte ich auf jeden einzelnen von ihnen zählen können.

Meine beiden besten Freundinnen, auf die ich mich wirklich blind verlassen konnte, gehörten zu dieser Clique nicht dazu. Nein, diese beiden gingen seit der Schulzeit mit mir durch dick und dünn. Manches Mal hätte ich nicht gewusst, was ohne sie mit mir passiert wäre. Yvonne und Steffi konnten heute leider nicht dabei sein, denn Erstere hatte vor einer Woche geheiratet und befand sich in den Flitterwochen. Steffi hatte im vergangenen Monat ihr erstes Kind zur Welt gebracht und war damit zu Hause als stillende Mama unabkömmlich. Doch auch wenn ich gerade unglücklich war, so gönnte ich den beiden von Herzen ihr Glück.

Die meisten Gäste verabschiedeten sich und erstaunt stellte ich fest, dass es schon fast halb drei morgens war. Weder Patrick noch Fabian hatte ich wieder gesehen. Der Alkohol machte sich immer stärker bemerkbar, und ich stieg auf etwas anderes um. So verlockend es auch gerade war, seinen Kummer zu ersäufen, den Kater am nächsten Morgen war es nicht wert.

Patrick

Patrick rief sich etwa eine halbe Stunde, nachdem er Natalie fortgeschickt hatte, ein Taxi und fuhr nach Hause, ohne sich zu verabschieden. Nicht gerade die feine Art, aber er hatte die fröhliche Runde eine Weile beobachtet und war zu dem Schluss gekommen, dass es so besser war.

Auch wenn Natalie vor ihren Freunden versucht hatte, ihre Traurigkeit zu überspielen, so hatte er sie dennoch sehen können. Besser wäre gewesen, er hätte das vertrauliche Gespräch zwischen ihr und ihrem Mann nie mitbekommen, dann wäre es zumindest für ihn leichter. Doch seiner Ansicht nach musste sie erst einmal die Trennung verdauen, und er selbst, nun er musste erst heraus finden, was er eigentlich wollte. Sie in den Armen zu halten und zu küssen, war wie eine Offenbarung gewesen. Das heiße Feuer der Lust hatte lichterloh in ihm gebrannt und auch jetzt noch fühlte er, wie sehr sie ihn anzog. Das war doch nicht normal.

Natalie

Gegen drei Uhr morgens war nur noch meine Clique zugegen. „Komm, wir helfen dir schnell", bot Petra an. „Dann ist es morgen nicht mehr so viel. Wer weiß, wann Fabian wieder zurechnungsfähig ist", fügte sie mit einem

Augenzwinkern hinzu. „Er hatte einiges getankt, als ich ihn das letzte Mal gesehen habe."

„Da könntest du recht haben", erwiderte ich nachdenklich. Vielleicht erinnerte er sich morgen nicht mehr an das ganze Drama? „Danke, dass ihr helft."

„Ist doch selbstverständlich", fügte Sascha hinzu und begann sogleich damit, die ersten Flaschen und Gläser einzusammeln.

Binnen kurzer Zeit fand alles seinen Platz in diversen Getränkekisten und auf Tabletts. Bänke und Tische wurden zusammengeklappt und zur Seite gestellt.

„Vielen Dank", meinte ich mit einem breiten Lächeln. „Allein hätte das so viel länger gedauert und ich bin jetzt wirklich bettreif."

„Frag' mal wer noch", erwiderte Petra und deutete auf ihren Freund Michael, der sichtlich bemühte, seine glasigen Augen offenzuhalten. „Hoffentlich bekomme ich den gleich ins Bett."

„Oh je", stimmt ich zu. „Wollt ihr lieber hier bleiben?"

„Nee, lass mal", wiegelte sie ab. „Ist ja nicht das erste Mal. Das zeigt dir, dass er sich hier sehr wohl gefühlt hat." Sie lachte und half ihm aufzustehen. Er schwankte leicht.

„Wie du meinst." Skeptisch beobachtete ich, wie er sich schwer auf sie stützte. Ohne mit der Wimper zu zucken, hielt sie stand.

„Wir gehen lieber", meinte sie. „Er ist ziemlich kräftig."

„Warte ich helfe dir." Sascha stützte Michael auf der anderen Seite. „Mach's gut Natalie. War 'ne tolle Party."

„Danke, kommt gut nach Hause." Zum Abschied drückte ich alle noch einmal ganz fest. Es fühlte sich an, als wäre es ein Abschied für immer.

Ich war müde, doch schlafen konnte ich erst einmal nicht, denn erstens gehörte ich nicht zu den Menschen, die nach Hause kommen und ins Bett fallen konnten, und zweitens geisterte mir zu viel im Kopf herum. Wie zu erwarten gewesen war, fand ich das Schlafzimmer leer vor, als ich es betrat. Fabian schien also die letzte Nacht hier in seinem Büro verbringen zu wollen.

Ab morgen wäre ich wirklich allein im Haus, ein Gedanke, der mir nicht sonderlich behagte, wie ich durchaus zugeben musste. Langsam machte ich mich für die Nacht fertig und schlief schließlich erschöpft über meinem Buch ein.

Am nächsten Morgen erwachte ich mit einem Ruck, als Fabian lautstark seine Sachen zusammenpackte und dabei auch vor unserem Schlafzimmer nicht halt machte. Wie gemein, denn ich war doch gerade erst eingeschlafen! Schlaftrunken setzte ich mich auf und rieb mir die Augen. Nach einem Blick auf die Uhr stellte ich fest, dass es gerade zehn Uhr war. Viel zu früh nach der gestrigen Nacht.

„Fabian, was tust du?", grummelte ich verschlafen.

„Nach was sieht es denn aus?", fauchte er daraufhin, ohne sein Tun zu unterbrechen. „Ich packe, wie ich es gestern Nacht schon angekündigt habe." Wahllos riss er Sachen aus dem Schrank und stopfte sie in eine große Sporttasche. Wo kam die denn her?

„Sollten wir nicht noch einmal darüber reden?" Er hielt inne, drehte sich aber nicht zu mir um. Warum versuchte ich es bloß schon wieder?

Warum ließ ich ihn nicht einfach gewähren? Ich hatte keinen blassen Schimmer.

„Nein, ich gehe", erwiderte er entschlossen. „Seit gestern habe ich endgültig die Nase voll. Bis Mittag bin ich weg. Ich lasse dich dann wissen, wo ich zu finden bin. Die größeren Sachen, wie meine Büromöbel hole ich später ab."

„Geh doch nicht so", bat ich eindringlich. „Ich habe dich wirklich nie betrogen, und wehtun wollte ich dir auch ganz sicher nicht. Es tut mir leid, dass es so gekommen ist." Nun traten mir wieder Tränen in die Augen, denn traurig war ich auf eine Art wirklich. Doch ich blinzelte sie weg. Ein schlechtes Gewissen brauchte er nicht haben, nur weil er schlussendlich mutig genug war, die Konsequenzen aus allem zu ziehen.

„Mir auch." Damit drehte er sich um und räumte die letzten Klamotten aus seinem Schrank. Traurig und erschöpft ließ ich mich in die Kissen zurücksinken. Eigentlich hatte ich gedacht, keine Tränen mehr zu haben, die hatte ich letzte Nacht doch alle in Patricks Armen vergossen. Aber ich musste mir schleunigst überlegen, was ich nun mit meinem Leben anfangen wollte. Dreißig Jahre war ich nun und stand vor einem einzigen Scherbenhaufen, den ich schleunigst zusammen kehren musste. Ob ich nun schnell genug den richtigen Mann finden würde, um doch noch meine Familie gründen zu können? Schließlich wollte ich nicht als einsame alte Jungfer enden. Jetzt hatte ich allerdings auch die Chance dazu, die Liebe meines Lebens zu finden, falls es so etwas überhaupt gab.

Binnen kurzer Zeit verschwand Fabian wieder aus dem Zimmer, um im nächsten weiter zu packen. Vorsichtig öffnete ich erneut die Augen, sah mich um und seufzte.

Schrank und Schubladen hatte er einfach geöffnet und leer hinterlassen, es aber nicht für nötig befunden, sie wieder zu schließen. Warum auch, gleich würde ihn das doch nicht mehr stören. Wohin er wohl so plötzlich ging? Bei seinem Verdienst als Leiter der IT-Abteilung einer großen Firma konnte er es sich durchaus eine Zeit lang leisten, in einem Hotel zu wohnen.

Unwillkürlich schob sich Patricks Gesicht vor mein inneres Auge. Zu gern hätte ich jeden Gedanken an ihn verbannt. Erst küsste er mich, und dieser Kuss war so verdammt heiß gewesen, um mich daraufhin zur Seite zu schubsen und ohne ein weiteres Wort zu verschwinden. Besonders toll fand ich sein Verhalten nicht und das brachte ihm keine weiteren Pluspunkte ein.

Ich döste weg und erwachte erst wieder, als die Haustür mit einem lauten Knall ins Schloss fiel. Der nächste Mann, der es nicht für nötig hielt, sich von mir zu verabschieden. Immerhin waren wir jahrelang ein Paar gewesen. Zorn kochte schon wieder in mir hoch. Wer waren die denn bitte schön, dass sie mich so behandeln konnten? Verdient hatte ich das doch nicht, oder?

Entschlossen stand ich auf und schloss lautstark alle Schränke und Schubladen. Als auch das nicht half, zog ich meine Trainingsklamotten an und lief los. Im Haus war es so verdammt still gewesen, und ich brauchte jetzt Ablenkung, um nicht darüber nachzudenken, dass ich allein war.

Automatisch hatte ich mich für die lange Strecke entschieden, die mich am Tennisplatz vorbeiführte. Früher hatte ich selbst leidenschaftlich gespielt und es vor drei Jahren schweren Herzens aufgegeben, weil mir schlicht die Zeit gefehlt hatte. Doch nun blieb ich stehen und schaute eine Weile aus der

Ferne den beiden Spielern zu, die sich ein verbissenes Match lieferten. Ich wollte auch wieder spielen, denn wenn ich ehrlich war, fehlte mir der Sport sehr. Das Laufen war kein vollwertiger Ersatz dafür. Jetzt musste ich auf niemanden mehr Rücksicht nehmen, und das Haus würde jeden Tag still und leer sein, da tat mir die Ablenkung bestimmt gut. Entschlossen betrat ich die Anlage, um mich zu erkundigen, bei wem ich mich anmelden musste.

Patrick

„Okay Patrick, du hast gewonnen. Ich kann mich nicht daran erinnern, wann du mich das letzte Mal so vernichtend geschlagen hast." Marc reichte seinem Freund leise keuchend die Hand. Gemeinsam holten sie ihre Taschen und trockneten sich die Gesichter mit den Handtüchern ab.

„Also, was ist los? Warum hast du so eine Wut im Bauch?"

Patrick zuckte mit den Schultern. Das Spiel hatte ihm gutgetan, aber sein Problem keineswegs gelöst. Immer wenn er an den gestrigen Abend dachte, wurde ihm bewusst, dass er einen ordentlichen Arschtritt verdient hatte.

„Ich bin einfach nur wütend auf mich selbst", antwortete er schließlich. „Da habe ich eine wirklich tolle Frau kennen gelernt und mich wie der letzte Arsch verhalten. Und sie geht mir nicht mehr aus dem Kopf."

„Ach komm, so schlimm wird es wohl nicht gewesen sein."

„Hast du eine Ahnung."

Obschon er sah, dass sein Freund auf weitere Erklärungen wartete, wechselte er rasch das Thema. „Lass uns duschen gehen, danach lade ich dich auf einen Drink ein."

„Wie du willst."

Leider wusste Patrick mittlerweile genau, dass er Natalie bald wiedersehen würde, und könnte sich für seine unsensible Art vom Vorabend in den Hintern beißen. Wie sie wohl reagieren würde? Schließlich wusste sie noch gar nichts von ihrem Glück, dass sie bald zusammen arbeiten würden. Aber die Tinte auf dem Vertrag war gerade erst trocken. Und dass sie in dem großen Haus nahe dem Waldrand allein sein würde, behagte ihm auch nicht gerade. Wenn sie wenigstens einen Hund hätte, der auf sie aufpassen würde. Aber zu viel wollte er jetzt nicht über sie nachdenken, auch wenn ihr Gesicht mit dem bezaubernden Lächeln immer wieder in seinem Geist auftauchte.

Natalie

Glück musste man haben, denn zufällig traf ich genau die richtige Person auf der Tennisanlage. Gabriele Zander nahm mein Anliegen mit Freuden entgegen. Sie schien ein wenig älter als ich zu sein, hatte aber ein rundes freundliches Gesicht, das irgendwie nicht recht zu ihrem schlanken Körper zu passen schien.

„Wunderbar!", freute sie sich, als sie mein Anliegen hörte. „Du kommst gerade zur rechten Zeit. Ist es dir recht, wenn ich einfach du sage?"

Ich zuckte mit den Schultern und nickte. Warum auch nicht.

„Prima. Weißt du, zwei unserer Top-Spielerinnen haben schwangerschaftsbedingt aufhören müssen, und wir hatten schon die Befürchtung, dass wir unsere Damenmannschaft ganz auflösen müssten. Wir sind seit einiger Zeit ziemlich dünn besetzt. Aber mit deiner Anmeldung sieht alles wieder gut aus."

Sie strahlte tatsächlich übers ganze Gesicht. „Wie gut spielst du eigentlich?", fragte sie plötzlich mit einem besorgten Blick. „Nur Hobby?"

Ich lachte vergnügt auf, denn früher war ich wirklich gut gewesen und hatte das ein oder andere Turnier als Siegerin verlassen.

„Nein, nicht nur Hobby. Als ich vor drei Jahren bei meinem Verein aufgehört habe, war ich recht gut. Nun bin ich allerdings ein wenig eingerostet, aber das möchte ich gern so bald wie möglich ändern."

„Perfekt. Heute haben die Herren der Schöpfung den Platz, aber wenn du morgen Abend Zeit hast, komm doch mal vorbei, dann stelle ich dich der restlichen Mannschaft vor. Vielleicht ist auch noch ein Probespiel drin. Schließlich möchten wir sehen, wer da zu uns stößt." Ein freches Grinsen erschien auf ihrem Gesicht, das ich unwillkürlich erwidern musste. Zumindest war sie mir sofort sympathisch. Wenn der Rest nun auch noch passte, würde ich mich hier wohlfühlen können.

„Kein Problem. Wie spät fangt ihr an?" Hoffentlich klappte es. Mein Herz schlug aus lauter Vorfreude schneller.

„Sei um neunzehn Uhr da, dann passt das schon."

„Okay. Ich freue mich auf morgen Abend."

Zum Abschied reichte ich ihr die Hand und machte mich wesentlich besser gelaunt wieder auf den Weg nach Hause, denn leider räumte sich der Rest nicht von allein auf.

Die gute Laune hielt genau so lange an, bis ich mir meinen Garten genauer ansah. Wenn ich auch für die Hilfe meiner Freunde heute Morgen durchaus dankbar war, so wünschte ich mir jetzt, sie wären immer noch da, um den Rest gemeinsam mit mir zu bewerkstelligen. Aber ich hatte ja darauf beharrt, dass ich alles allein schaffen würde. Ob sie schon etwas von unserer Trennung wussten?

Seufzend machte ich mich ans Werk und begann damit, dass benutzte Geschirr in die dafür bereitstehenden Wannen zu räumen, soweit das noch nicht geschehen war. Gott sei Dank musste ich das Zeug nicht auch noch spülen. Die Reste des Essens hatte ich zum Glück schon nachts in den Kühlschrank geräumt. Der Partyservice würde um siebzehn Uhr kommen und alles wieder abholen.

Ich stellte die Bänke und Tische, die wir zusammen geklappt hatten, ordentlich an die Garagenwand. Vielleicht ließ sich später jemand finden, der sie mit mir gemeinsam in den Keller trug, ansonsten würde ich mich eh daran gewöhnen müssen, allein zurechtzukommen.

Nachdem ich alles in allem über eine Stunde konzentriert gearbeitet hatte, sah es im Garten wieder gut aus. Ich holte mir einen Liegestuhl heraus, um mich noch ein wenig in die tief stehende Sonne zu setzen. Wie still es hier doch war. Mein Haus stand am Ende einer Sackgasse, und nur fünfhundert Meter hinter dem Grundstück begann der Wald. Die Vögel zwitscherten und die Sonne malte mit ihrem Licht goldene und rote Reflexe ins Laub der Bäume.

Haus und Grundstück boten viel Platz. Vielleicht sollte ich mir eine Untermieterin suchen.

Aber wollte ich wirklich jemand völlig Fremden bei mir haben? Nein, danach stand mir nicht der Sinn. Oder ich schaffte mir einen Hund an. Alles war eingezäunt, sodass er über Tag durchaus draußen herum tollen konnte. Wenn ich im Mittag nach Hause fuhr, ging das vielleicht. Eines war mal klar: Ich war nicht gern allein. Das war eventuell auch der Grund für die rasche Heirat mit Fabian gewesen, auch wenn ich damals gemeint hatte, dass er die Liebe meines Lebens wäre.

Frustriert stand ich auf und ging ins Haus, um zu duschen. Eine halbe Stunde hatte ich noch, bis der Partyservice vor der Tür stehen würde. Sorgfältig kontrollierte ich, ob auch wirklich alle Fenster und Türen abgeschlossen waren, und schloss mich schließlich sogar im Bad ein, etwas, das ich noch nie für nötig gehalten hatte. Mein Handy lag in Griffweite auf einem Hocker. Mensch, was war ich heute für ein Angsthase. Ob das in Zukunft immer so sein würde? Hoffentlich nicht, sonst bekam ich irgendwann noch Angst vor meinem eigenen Schatten.

Onkel Rudi freute sich bestimmt über meinen Besuch, überlegte ich, als ich schließlich unter der

Dusche stand. Er war nun meine einzige existierende Familie, außer den paar entfernten Cousins und Cousinen, mit denen ich aber nicht wirklich etwas zu tun hatte, die ich eigentlich auch nur dem Namen nach kannte. Der Gedanke an ihn ließ mich wieder fröhlich werden und vergnügt pfiff ich vor mich hin.

FÜNF

Als ich bei Onkel Rudi eintraf, fand ich ihn so tief in Gedanken versunken vor, dass er meine Ankunft gar nicht bemerkte. Mit sorgenvoll gerunzelter Stirn blickte er versonnen in den malerischen Sonnenuntergang. So kannte ich ihn gar nicht. Mein Klingeln hatte er offenbar nicht gehört, weil er nur körperlich anwesend zu sein schien. Wie gut, dass ich einen Schlüssel besaß.

Rasch stellte ich meine Tasche ab, in der ich ihm einige Reste vom Vorabend mitgebracht hatte, und eilte zu ihm auf die Terrasse. Brrr, langsam wurde es wirklich kühl hier draußen.

„Onkel Rudi!" Neben ihm ging ich auf die Knie und ergriff seine Hände. Sie waren eiskalt. „Was ist passiert?"

Mit einem, für ihn untypischen müden, Lächeln wandte er sich mir zu und sah er mich an. „Natalie, was für eine schöne Überraschung. Ich wusste gar nicht, dass du heute kommen wolltest." Seine Stimme klang so müde, so resigniert, dass ich einen gewaltigen Schrecken bekam.

„Onkel Rudi, irgendetwas stimmt doch nicht mit dir. Sag mir bitte, was es ist", bat ich inständig und voller Angst.

Mit seinen braunen Augen sah er mich eine Zeit lang an, registrierte mit Sicherheit die Angst und die Sorge in meinem Gesicht und seufzte schließlich tief.

„Ach Kindchen, ich weiß nicht, ob ich es dir sagen soll."

„Bitte. Sonst male ich mir selbst alles Mögliche aus." Flehend schaute ich ihn an, da ich seinen offenkundigen Kummer kaum ertragen konnte.

„Also gut", willigte er schließlich ein, nachdem er aufmerksam mein Gesicht gemustert hatte. „Dein Chef war Freitag bei mir und hatte unangenehme Neuigkeiten für mich. Dass es mir in letzter Zeit nicht so gut ging, weißt du ja, und auch, dass ich deswegen diverse Untersuchungen habe machen lassen müssen. Nun liegen die Ergebnisse vor."

Er richtete seinen Blick wieder in die Ferne, und ich hoffte inständig, dass alles nicht so schlimm war, wie es sich gerade anhörte. Dennoch musste ich es wissen.

„Und was sagen die?", fragte ich leise.

„Leider gar nichts Gutes. Es sieht wohl so aus, als würde ich meinen nächsten Geburtstag nicht mehr erleben."

„Nein!" Erschrocken schaute ich ihn an. Das konnte, das durfte einfach nicht wahr sein. Nicht Onkel Rudi. Ihn konnte ich nicht auch noch verlieren.

„Doch. Natalie, ich bin nun fünfundachtzig Jahre alt, und ich habe ein wunderbares Leben gehabt, vom Krieg einmal abgesehen. Seit ich dich kenne, habe ich dich geliebt, wie meine eigene Tochter. Und damals warst du gerade so groß."

Mit einem strahlenden Lächeln zeigte er es mir, und ich musste unter Tränen lachen. Ganz fest umarmte ich ihn.

„Ich habe dich so lieb, Onkel Rudi", flüsterte ich. „Ich will dich nicht verlieren. Du bist doch alles, was ich jetzt noch habe. Mein einziger Halt."

„Auch, wenn ich hier nicht mehr bei dir bin, so werde ich doch im Herzen immer bei dir sein", versprach er mit fester Stimme. „Ich glaube fest daran. Der Krebs ist in meinem ganzen Körper Natalie, und ich kann nur hoffen, dass ich nicht zu viele Schmerzen haben werde. Was ich nicht will, sind lebensverlängernde Maßnahmen. Mir ist die Qualität der Zeit, die mir noch bleibt, wichtiger als die Quantität. Was bringt es, wenn ich nur noch durch Maschinen am Leben erhalten werde?"

„Ich werde so viel Zeit mit dir verbringen, wie ich nur kann." Seinem Gesicht sah ich an, dass ich gar nicht zu fragen brauchte, ob man noch etwas tun konnte. Mühsam hielt ich meine Tränen zurück.

Nun mochte ich ihm nicht mehr sagen, dass Fabian und ich uns gestern getrennt hatten. Das würde ihm nur noch mehr Sorgenfalten ins Gesicht zeichnen. Doch leider besaß Onkel Rudi wirklich feine Antennen für meine Befindlichkeiten und hatte vorher genau zugehört, was ich unbedacht geäußert hatte.

„Was soll das überhaupt heißen, ich wäre alles, was du noch hast? Was ist denn mit Fabian?"

Na prima, da hatte ich mich doch mal wieder selbst verraten. Warum passte ich nicht besser auf mit dem, was ich sagte? Schnell senkte ich den Blick, konnte seinem bohrenden nicht länger standhalten. Doch ich war nicht schnell genug, was er hatte wissen wollen, hatte er an meinem Gesicht ablesen können.

„Ihr habt euch getrennt?" Eigentlich war das mehr eine Feststellung als eine Frage. „Warum?"

„Ich weiß auch nicht recht. Es ist gestern Abend passiert. Irgendwie scheinen wir beide die Nase voneinander voll zu haben. Ich wusste eigentlich schon länger, dass etwas nicht stimmte, wollte es aber nicht wahrhaben. Gestern hat Fabian den Schlussstrich gezogen und ist heute Morgen ausgezogen. Er hat mir unterstellt, dass ich eine Affäre mit einem anderen hätte. Aber das stimmt nicht."

Leider konnte ich nicht verhindern, dass eine verräterische Röte über mein Gesicht zog.

„Aber?", hakte er sofort nach.

„Aber es gibt jemanden, den ich sehr attraktiv finde, und er hat es bedauerlicherweise mitbekommen", seufzte ich schließlich ergeben. Es tat wirklich gut, es einmal alles auszusprechen. Ja, Patrick war sehr anziehend und obendrein küsste er wahnsinnig gut. Aber ich würde ihn wohl nicht wiedersehen, nicht nach gestern Abend. Allein schon, dass er in der Lage war, diese ganzen

Gefühle in mir auszulösen, beschämte mich, weil es mir zeigte, wie wenig ich noch für Fabian fühlte.

„Kenne ich ihn?" Onkel Rudi ließ einfach nicht locker, doch ich sah ein winziges Lächeln um seine Lippen spielen. Er verurteilte mich nicht, sondern wollte nur wissen, was mit mir los war.

„Ach, ich kenne selbst nur seinen Vornamen. Er heißt Patrick und ist Arzt. Ich habe ihn neulich kennen gelernt, als ich mir beim Laufen den Knöchel verletzt habe. Ich habe dir doch erzählt, dass jemand so freundlich war, mich nach Hause zu bringen. Gestern Abend tauchte er ausgerechnet mit Marie auf meiner Geburtstagsparty auf. Und Fabian hat gesehen, dass ich ihn kannte." Ich hielt kurz inne, bevor ich fortfuhr. „Und dass er mich nicht kalt ließ", fügte ich leise hinzu. „Das war dann der Anfang vom Ende."

Ich stand auf und holte die Tasche, die ich vorher abgestellt hatte. Noch länger wollte ich nicht über Patrick reden.

„Hier, ich habe dir etwas mitgebracht. Gestern ist so viel Essen übrig geblieben, und ich kann das alles unmöglich allein aufessen."

„Danke Kleines." Er nahm sie mir ab und packte aus. „Das sieht wirklich gut aus. Obwohl ich gar nicht recht Appetit habe."

„Aber du musst etwas essen. Ich bleibe noch ein wenig hier, in Gesellschaft isst es sich doch leichter."

„Wenn du meinst." Ein amüsiertes Lächeln lag auf seinem Gesicht, als er mich betrachtete. Was wohl in seinem Kopf vor sich ging? Als er sich erhob und ins Haus schlurfte, war ich für einen Moment allein und vergrub verzweifelt mein Gesicht in meinen Händen. Ach Onkel Rudi. Am liebsten hätte ich wieder geweint, doch dann würde ich nicht wieder aufhören. Ich wollte, nein ich musste für ihn stark sein.

Als ich ihn zurückkommen hörte, blickte ich auf. Jetzt sah man ihm sein Alter wirklich deutlich an. Die tiefen Furchen im Gesicht und die gebeugte Haltung verrieten einiges. Waren diese Falten erst vor kurzem aufgetaucht oder schon länger da gewesen? Ich hätte es nicht sagen können. Doch er lächelte und in seinen Augen glühte ein kleiner Funken. Er hielt ein längliches Päckchen in den Händen.

„Ich habe dir noch gar nicht persönlich zum Geburtstag gratuliert. Herzlichen Glückwunsch."

„Danke Onkel Rudi!" Überschwänglich fiel ich ihm um den Hals, was gar nicht ganz so einfach war, denn trotz seiner gebeugten Haltung maß er über einen Meter neunzig. Obwohl ich mit einem knappen Meter siebzig auch nicht gerade klein war, musste ich mich strecken. Vorsichtig packte ich mein Geschenk aus, wobei mir einfiel, dass ich das von Fabian nicht ausgepackt hatte. Es lag vergessen auf meinem Nachttisch.

Zum Vorschein kam eine längliche Schmuckschachtel. Sprachlos öffnete ich sie und stieß einen kleinen Schrei aus.

„Das ist wirklich wunderschön! Vielen, vielen Dank!"

Es war ein goldenes Armband, bestehend aus vielen kleinen Herzen mit jeweils einem Steinchen in der Mitte. Ich konnte nur hoffen, dass es sich nicht um echte Steine handelte.

„Aber das war doch viel zu teuer", wandte ich mich an ihn.

„Papperlapapp", erwiderte er. „Was ich mit meinem Geld anstelle, musst du schon mir überlassen. Hauptsache, ich konnte dir eine Freude damit machen. Jetzt sehe ich es wenigstens noch."

„Ist das etwa echt?", flüsterte ich mit Tränen in den Augen und versuchte gleich, es mir anzulegen. Doch ich bekam den Verschluss nicht zu. Nur zu gern war er mir dabei behilflich.

„Was denkst du denn? Natürlich ist das alles echt." Er schien ein wenig entrüstet zu sein.

„Du bist verrückt."

„Nein, noch nicht. Frag in ein paar Wochen noch mal nach", entgegnete er trocken.

„Wo ist eigentlich Flocki?", fragte ich plötzlich. Erst jetzt war mir aufgefallen, dass der Kläffer nirgends zu sehen oder zu hören war.

„Ich habe dem Jungen von nebenan fünf Euro in die Hand gedrückt, damit er heute eine Runde mit ihm läuft. Mir fällt das Gehen schwer, und er braucht seinen Auslauf. Wenn ich gewusst hätte, dass du kommst, hätte ich mir das Geld gespart", fügte er augenzwinkernd hinzu. „Die beiden kommen gewiss bald wieder."

Ächzend ließ er sich wieder in seinen Stuhl sinken. „Womit wir auch schon bei einem Thema wären, dass ich ohnehin bald angesprochen hätte.

Es geht um den Hund. Ich habe ihn sehr gern, und er wird mir wahrhaft fehlen, doch es ist absehbar, dass ich in Zukunft wohl nicht mehr mit ihm werde gehen können, und es wäre schön, wenn du ihn nimmst."

„Aber ich kann doch nicht einfach so deinen Hund ..."

„Natürlich kannst du", fiel er mir ungehalten ins Wort. „Ganz besonders jetzt, da ich weiß, dass du da draußen am Waldrand ganz allein im Haus bist. Er ist ein guter Wachhund und passt gewiss bestens auf dich auf. Es muss ja nicht gleich heute sein, aber bald. Ich will nicht jedes Mal jemanden dafür bezahlen, dass der Kerl seinen Auslauf bekommt. Und das heißt ja nicht, dass ich ihn gar nicht mehr sehe. Du darfst ihn gern ab und zu hier parken, und ich erwarte, dass du ihn jedes Mal mitbringst, wenn du zu Besuch kommst."

„Ich lasse es mir durch den Kopf gehen", versprach ich rasch. Die Idee war aus meiner Sicht gar nicht mal so schlecht. Der Gedanke, ganz allein am Waldrand zu wohnen, bereitete mir Unbehagen, auch wenn ich es nicht gern zugab. Doch wer gab dann auf Onkel Rudi acht?

Ich blieb noch eine ganze Zeit bei ihm, bis er ins Bett wollte. Dass ich nun den Tennissport wieder aufnahm, fand seine volle Zustimmung. Dadurch würde ich vielleicht auf andere Gedanken kommen und auch neue Männer kennen lernen. Aber so lange ein bestimmter in meinem Kopf herum spukte, brauchte ich daran gar nicht zu denken. Aber wenn ich Patrick nicht wieder sah, dann würde ich ihn mir bald aus dem Kopf geschlagen haben. Was brachte es denn schon, wenn man einem unerreichbaren Typen hinterher schmachtete? Richtig. Nichts. Dass ich mir dessen bewusst war, half auch nicht wirklich etwas. Trotzdem schlich er sich in meine Gedanken und Träume. Wie sollte ich ihn nur wieder loswerden?

In das leere dunkle Haus zurückzukehren fiel mir wirklich schwer, und viel hätte ich nun darum gegeben, Flocki als Begleitung bei mir zu haben. Rasch ging ich durchs Haus, schaltete Lichter ein und ließ die Rollläden herunter. Dabei kontrollierte ich gewissenhaft, ob wirklich alle Fenster und Türen abgeschlossen waren. Alles in Ordnung. Beruhigt zog ich mich ins Obergeschoss zurück.

Doch jetzt, als sich die Luft abkühlte, fing das Haus an, lebendig zu werden. Überall knackte es im Gebälk, und ich hatte tatsächlich Angst in meinen eigenen vier Wänden. Klar, ich hatte vorher schon die eine oder andere Nacht allein hier verbracht, aber so still und unheimlich war es mir nie vorgekommen. Vielleicht, weil ich wusste, dass über kurz oder lang wieder jemand nach Hause kam.

Die Situation erinnerte ich an meinen Unfall im Wald, nur dass dieses Mal kein geheimnisvoller Retter erscheinen würde. Womit ich wieder bei Patrick wäre. Über ihn wollte ich nicht mehr nachdenken, sonst würde ich mich stundenlang hin- und herwälzen, um die Situation zu analysieren, hinterfragen, warum er mich nach solch einem Kuss einfach weggestoßen hatte.

Rasch putzte ich mir die Zähne und wusch mich, bevor ich in mein Schlafshirt schlüpfte und ins Schlafzimmer huschte. Heute würde ich mit geschlossenem Fenster schlafen, so viel war sicher und den Schlüssel der Zimmertür drehte ich vorsichtshalber auch noch herum. Angsthase, schalt ich mich selbst und stellte den Fernseher an, der nun alle andere Geräusche übertönte. Dadurch fühlte ich mich gleich ein wenig besser. Meine Gedanken schweiften wieder ab, während ich mich in die Kissen kuschelte.

Wenn ich es so recht überlegte, hatte ich hier noch nie allein gewohnt. Nachdem meine Eltern ums Leben gekommen waren, zog Steffi für eine Weile ein, bis ich wieder zurechtkam, und danach kam auch schon direkt Fabian. Und bald würde mir Flocki hier Gesellschaft leisten.

Oh, ich liebte diesen Hund, auch wenn er manchmal zu viel kläffte. Aber hier würde das niemanden stören.

Das Temperament lag diesem Mischling einfach im Blut. Wie viele Rassen in ihm steckten, wusste niemand genau, denn bei seiner Mutter handelte es sich bereits um eine Promenadenmischung. Sein Vater war ein reinrassiger Jagdterrier und herausgekommen war bei dieser Konstellation das einzigartige Energiebündel Flocki.

Sein Fell war hauptsächlich schwarz, doch er hatte die Zeichnungen seines Vaters mit den braunen Flecken über den Augen und an den

Beinen. Aber sein Körperbau erinnerte stark an einen zu klein geratenen Schäferhund. Und wenn er einen so ansah, den Kopf ein wenig schräg legte, sah er aus, als könnte ihn kein Wässerchen trüben. Aber ich wusste es besser.

SECHS

Über diesen Gedanken schlief ich ein und erwachte erst am nächsten Morgen von meinem Wecker. Graue Wolken verdunkelten den Himmel, kein Vergleich zum strahlenden Sonnenschein der letzten Tage. Na prima, dann war das schöne Wetter wohl erst einmal vorbei. Passte auch ein wenig zu meiner Stimmung. Der Sommer neigte sich langsam und unaufhörlich dem Ende zu.

Hoffentlich fiel das Tennismatch heute Abend nicht gänzlich ins Wasser. Darauf freute ich mich nämlich so richtig. Schließlich wäre es auch für mich interessant zu wissen, wie fit ich noch war und ob ich an alte Erfolge anknüpfen konnte.

Während des Frühstücks, das mal wieder nur aus Müsli und Kaffee bestand, studierte ich noch einmal die Unterlagen für die Ausbildung zur Praxismanagerin und entschied mich schlussendlich dafür. Was konnte es schon schaden, wenn ich anderthalb Jahre in einen Fernlehrgang investierte? Zeit hatte ich fast genug und auch die Kosten taten mir nicht weh.

Missmutig, weil ich immer wieder an Onkel Rudi denken musste, stellte ich mein gebrauchtes Geschirr in die Spüle. Obwohl ich nicht wirklich etwas gegessen hatte, verspürte ich keinen Hunger. Aufregung und Stress schlugen mir auf den Magen, ich konnte dann einfach nichts herunter bekommen. Vielleicht später. Erst mal musste ich jetzt arbeiten, und das würde mir sicher guttun.

Und wie zu erwarten, freute sich mein Chef über meine Entscheidung. „Natalie, Ihre Entscheidung ist bestimmt richtig, zumal ich nun einen Partner für meine Praxis gefunden habe. Ein junger und in meinen Augen äußerst kompetenter Mediziner. Ich glaube, er wird Ihnen allen gefallen, und wenn ich in einigen Jahren in den Ruhestand gehe, übernimmt er alles. In vier Wochen fängt er an."

„So bald schon? Aber gut, wir werden schon miteinander klar kommen."

„Davon bin ich überzeugt. Und nun ab an die Arbeit."

Mein Chef nahm lächelnd seinen ersten Patienten in Empfang. Bildete ich es mir nur ein, oder hatte auf seinem Gesicht wirklich ein schelmischer Ausdruck gelegen, als er mich über den Praxiszuwachs informierte? Aber ich wischte den unsinnigen Gedanken beiseite und begann mit der Arbeit. Meine Trennung hatte ich mit keinem Wort erwähnt. Früher oder später würden es alle wissen, und später war mir in diesem Fall eindeutig lieber. Mir war nicht nach Mitleidsbekundungen und unangenehmen Fragen. All das würde unweigerlich folgen. Aber erst mal ohne mich.

Abends wurde die Zeit knapp und ich mich sputen, um rechtzeitig auf dem Tennisplatz zu sein, aber ich schaffte es. Schließlich wollte ich nicht sofort am ersten Tag einen schlechten Eindruck durch zu spät kommen hinterlassen. Obwohl die Wolken nach wie vor grau und tief am Himmel hingen, hatte der Regen nachmittags aufgehört und auch zwischenzeitlich mal der Sonne ein wenig Platz gemacht. Hoffentlich hielt sich die Trockenheit noch ein wenig, auch wenn der Blick nach oben nicht viel Hoffnung machte.

Alle anderen schienen bereits da zu sein, denn fünf neugierige Augenpaare richteten sich auf mich, als ich den Platz betrat. Lächelnd erhob sich Gaby und kam mir entgegen. „Schön, dass du gekommen bist. Ich habe die anderen über dich informiert."

Erstaunt hob ich die Augenbrauen, was sie nicht mehr sah, da sie sich bereits wieder abgewandt hatte. Was hatte sie denn groß zu informieren gehabt?

„Vielen Dank für die Einladung", murmelte ich und trat neben sie.

„Mädels", wandte sie sich nun an die anderen Frauen. „Das ist Natalie. Sie möchte gern in unserer Mannschaft mitspielen. Ich denke, es wäre gut, wenn wir uns bei einem Probespiel ein Bild davon machen, was sie alles kann."

Unwillkürlich musste ich grinsen. „Erwartet nicht zu viel, ich bin bestimmt ein wenig eingerostet, da ich drei Jahre nicht gespielt habe. Aber mir soll's recht sein, ich gebe mein Bestes. Wer will?"

Mit einem breiten Lächeln erhob sich nun eine große Brünette, die sich als Susanne vorstellte.

„Ich bin amtierende Vereinsmeisterin und außerdem die Mannschaftsführerin. Wenn du kein Problem damit hast?" Ihr Blick war offen und herausfordernd. Ich erwiderte ihn mit einem selbstbewussten Lächeln. Bange machen gilt nicht, sagte ich mir.

„Gleich die Beste, ja? Mir soll's recht sein. Probieren wir es." Ich zuckte betont lässig mit den Schultern.

Nachdem wir uns aufgewärmt hatten, stellten wir uns auf. Susanne ließ mir den ersten Aufschlag, und schon bald musste sie feststellen, dass sie eine ziemlich ebenbürtige Gegnerin gefunden hatte. Den ersten Satz gewann sie mit 6:4, aber nachdem ich ins Spiel gefunden hatte, holte ich mir den zweiten. Zu meiner Schande musste ich mir jedoch eingestehen, dass ich ein wenig außer Atem war und mein Arm zunehmend träger und schwerer wurde. An meiner Form beziehungsweise Kondition musste ich noch etwas arbeiten, aber deswegen war ich hier.

Nach den beiden Sätzen hatten wir für den Abend genug gespielt, denn es wurde rasch dunkel, und Nieselregen setzte ein. Wir reichten uns am Netz die Hände.

„Du bist wirklich gut", meinte Susanne anerkennend. „Wenn du wirklich drei Jahre nicht gespielt hast, möchte ich zu gern wissen, wozu du fähig bist, wenn du regelmäßig trainierst. War trotzdem ein hartes Stück Arbeit, du spielst toll. Jemanden wie dich können wir gut brauchen."

Die anderen Frauen waren inzwischen zu uns gekommen und jemand reichte mir eine Flasche Wasser, die ich dankbar annahm.

„Bald sind Vereinsmeisterschaften der Damen. Bist du dabei?", wollte eine von ihnen wissen.

„Gern. Bis dahin finde ich vielleicht auch zur alten Form zurück."

„Oh bitte, nicht so schnell", tat Susanne erschrocken. „Dann löst du mich wohl ohne Probleme ab."

„Das werden wir dann sehen."

Lachend gingen wir duschen und saßen später noch eine ganze Weile beisammen. Als ich nach Hause fuhr, hatte ich das Gefühl, bereits in der Mannschaft angekommen zu sein. Vor allem würde es mir sehr viel Spaß machen, weiterhin Tennis zu spielen, wenn der Muskelkater erst einmal nachgelassen hatte.

Am nächsten Morgen verspürte ich wider Erwarten nur ein leichtes Ziehen. So eingerostet, wie ich geglaubt hatte, war ich wohl doch noch nicht. Der Ehrgeiz hatte mich gepackt, seit ich von den Meisterschaften wusste, und ich war wild entschlossen, diese zu gewinnen. Wann immer es ging, trainierte ich, und bald fühlte ich mich stärker denn je. Mein erstes Spiel gewann ich souverän in zwei Sätzen mit 6:2 und 6:3. So konnte es wirklich gern weitergehen und Zeit zum Grübeln oder Trübsal blasen blieb mir auch so gut wie nicht. Meine Tage bestanden nur aus Arbeit, Training und Onkel Rudi, der der einzige Wermutstropfen war.

Seit er von seiner Krankheit wusste, konnte ich ihm beinahe täglich bei seinem Verfall zusehen. Er fühlte sich schlapp, hatte Schmerzen, und es wurde zunehmend schwerer, ihn überhaupt zum Verlassen des Hauses zu bewegen. Doch jedes Mal, wenn ich dort war, hakte ich mich bei ihm unter und drehte eine Runde mit ihm durch den Garten, der nun rasch verwilderte, da die Pflege über seine Kräfte ging. Also versuchte ich nebenbei auch noch, seine Blumen am Leben zu erhalten. So wie diese die Köpfe hängen ließen, so kam es mir auch bei Onkel Rudi vor. Beinahe schien es, als hätte er schon aufgegeben. Meine Trennung von Fabian war so weit in den Hintergrund gerückt, dass ich so gut wie gar nicht mehr an ihn dachte. Abends war ich so müde, dass ich ins Bett fiel und ohne Probleme einschlief.

Gut zwei Wochen nach unserem Gespräch über seinen Hund hatte Onkel Rudi, oder wer auch immer, die gesamten Sachen für das Kerlchen zusammengepackt und deutlich sichtbar in den Flur gestellt Trotzdem stolperte ich beinahe darüber, als ich ihn besuchen kam. Was das sollte, konnte ich mir allerdings denken.

„Onkel Rudi!", rief ich ungehalten und rieb mir das Schienbein, das ich mir an irgendetwas empfindlich angeschlagen hatte. Was konnte das nur gewesen sein? Ein dicker blauer Fleck war mir sicher.

„Onkel Rudi!"

Als ich immer noch keine Antwort bekam, machte ich mich auf die Suche und fand ihn schließlich schlafend in seinem Schaukelstuhl. Seine Hörgeräte lagen auf dem Tischchen neben ihm, sodass klar war, warum er nicht reagiert hatte. Eine Weile betrachtete ich ihn, und eine Woge von

Zärtlichkeit überkam mich. Selbst im Schlaf nahm sein Gesicht keinen völlig entspannten Ausdruck mehr an, und es tat mir weh zu sehen, dass er Schmerzen hatte. Völlig schmerzfrei war er schon lange nicht mehr gewesen, wie er mir erst neulich gestanden hatte. Aber es war erstaunlich, wie man sich an manche Umstände gewöhnen konnte.

Warum musste gerade er sich so quälen? Hatte er damals im Krieg nicht genug gelitten? Nur zu lebhaft konnte ich mich an seine Erzählungen erinnern, wie er seine Frau und sein einziges Kind verloren hatte. Zum guten Schluss war er auch noch in Russland in Gefangenschaft gewesen. Das sollte doch wohl für ein ganzes Leben reichen.

Er wurde wach, als Flocki zu seinen Füßen aufsprang und heftig mit dem Schwanz wedelte. Im ersten Moment schien er irritiert, mich zu sehen, doch dann glitt ein freudiges Lächeln über sein Gesicht, und er langte nach seinen Hörgeräten.

„Natalie. Ich habe dich gar nicht hören können. Gut siehst du aus, mein Kind, bisschen dünn vielleicht."

„Danke Onkel Rudi. Was machen Flockis Sachen im Flur?", wollte ich sofort wissen. Wozu denn lange um den heißen Brei herum reden? Zeit war das, was uns buchstäblich zwischen den Fingern zerrann.

Er seufzte. „Du kannst sie gleich ins Auto laden, weil du den Hund heute mitnimmst. Der arme Kerl kommt höchstens noch in den Garten und du weißt, wie viel Auslauf er braucht. Ich schaffe das einfach nicht mehr. Außerdem musst du dann nicht mehr allein laufen gehen und in dem Haus wohnen."

„Ach Onkel Rudi, meinst du nicht, es würde dir gut tun, wenn er noch hier bei dir bliebe?"

„Mir vielleicht schon, aber ihm nicht. Nimm ihn mit und bring ihn ab und zu vorbei, damit er mich nicht vergisst."

„Der wird dich nie vergessen."

Ich sah den flehenden Ausdruck in seinen Augen und wusste, er würde nicht weiter in mich dringen, damit ich den Hund mitnahm, aber genauso gut wusste er, dass ich ihm den Gefallen tun würde. An dem dicken Kloß in meinem Hals hatte ich sowieso schon jedes Mal genug zu schlucken. Der war leider zu einem Dauerzustand geworden.

„Also gut", willigte ich schweren Herzens ein. „Flocki, hast du gehört? Du kommst heute mit zu mir. Aber benimm dich."

Zum Spaß drohte ich ihm mit erhobenem Zeigefinger, was er als Aufforderung zum Spiel ansah und wild kläffend um mich herumsprang. „Du bist doof", sagte ich lachend.

Nun schien Onkel Rudi zufrieden zu sein. Meine Besuche bei ihm mussten immer kürzer ausfallen, denn er schlief viel. Es konnte mitunter vorkommen, dass er mitten im Gespräch einschlief und erst einmal nicht wieder wach wurde. Wie schwer war es doch, jemandem beim Sterben zuzusehen, und Onkel Rudi hatte sich bereits aufgegeben, keine Kraft mehr zum Kämpfen. Das Schlimme war, dass ich rein gar nichts tun konnte. Wie gern hätte ich ihm etwas von den Schmerzen abgenommen, aber ich wusste, dass alles was möglich war, für ihn getan wurde. Ich konnte einfach nur für ihn da sein.

Um ihn ein wenig abzulenken, erzähle ich ihm vom Tennis. Aber schon eine Stunde später setzte er mich praktisch vor die Tür, weil er noch weiteren Besuch erwarten würde. Also packte ich die Hundesachen ins Auto, nahm den Hund an die Leine und verabschiedete mich schweren Herzens. Als ich ins Auto stieg, hielt hinter mir eine dunkle Limousine, und ein Anzugträger stieg aus und ging auf die Haustür zu. War das etwa der ominöse Besuch von Onkel Rudi? Wer mochte das nun wieder sein?

Als wir losfuhren, begann Flocki zu winseln. „Ich weiß", sagte ich leise zu ihm. „Ich bin auch traurig und wenn es nach mir gegangen wäre, würdest du bis zum Schluss bei ihm bleiben. Aber er meint nun einmal, dass das nicht gut für dich wäre, also bekommst du schon jetzt bei mir ein neues Zuhause. Ich habe einen großen Garten, der wird dir bestimmt gefallen."

Im Stillen fragte ich mich allerdings, ob der Zaun hoch genug war oder ob ich Flocki ständig irgendwo würde suchen müssen. Im Zweifel würde ich ihn bestimmt bei Onkel Rudi wieder finden.

Ich wusste nicht, dass Hunde dermaßen nerven können. Eine zweite Nacht wie die letzte stand ich vielleicht noch durch, aber dann? Ich musste für die Arbeit fit sein. Verzweifelt schlang ich mein

Kissen um den Kopf, doch das Jaulen drang trotzdem wieder zu mir durch. „Verdammt Flocki, nun halt endlich die Klappe!", rief ich ihm zu. Kurze Zeit Ruhe. Ich atmete erleichtert auf. Zu früh gefreut. Im nächsten Moment setzte er erneut an.

Entnervt schlug ich mit der Faust auf die Matratze. Das konnte doch nicht wahr sein! Müde rieb ich mir übers Gesicht und schaute auf die Uhr. Prima, halb drei und noch keine Stunde geschlafen. Das konnte ja heiter werden!

Und die Lautstärke seines Geheules ließ sich noch steigern, wie er mir gerade eindrucksvoll demonstrierte. Mit einem Satz war ich aus dem Bett und riss die Schlafzimmertür auf. „Verdammt noch mal!"

Empört stemmte ich die Hände in die Hüften und fixierte den Hund, der brav vor der Tür hockte und mit einem unschuldsvollen Blick zu mir aufsah. „Okay, du hast gewonnen. Ab jetzt schläfst du bei mir im Zimmer."

Ich packte sein Körbchen und ließ es in einer freien Ecke zu Boden fallen. Schwanzwedelnd lief Flocki eine Runde durch den Raum, bevor er mit einem Satz seinen Schlafplatz eroberte und es sich bequem machte.

Erschöpft ließ ich mich wieder in die Kissen sinken. Statt aufs Haus passte Flocki nun direkt auf mich auf. Auf diese Idee hätte ich auch gestern schon kommen können.

SIEBEN

Bald fühlte ich mich fit für die bevorstehende Vereinsmeisterschaft, wann immer es mir möglich war, hatte ich an mir gearbeitet und das Ergebnis konnte sich durchaus sehen lassen. An diesem Samstag wurden nur noch die K. O. Runden ausgetragen, die Vorausscheidungen waren während der letzten Wochen nach und nach ausgespielt worden. Für den Abend war eine kleine Feier geplant, bei der ich aber nicht unbedingt zugegen sein wollte. Trotzdem hatte ich den Hund bei Onkel Rudi untergebracht, der wahnsinnig glücklich darüber war, dass Flocki für das Wochenende bei ihm bleiben würde. Die Freude hatte einen Hauch Farbe auf sein eingefallenes Gesicht gezaubert. Dass mir der kleine Kerl fehlen und ich nun meine Türen wieder komplett abschließen würde, ließ ich dabei gänzlich unerwähnt. Damit musste ich allein klar kommen.

Am Vorabend hatte sich Fabian endlich nach wochenlanger Funkstille gemeldet, um mir mitzuteilen, dass er bei seiner neuen Freundin eingezogen sei. Diese Info hätte er ebenso für sich behalten können, wie die, dass er schon länger mit ihr zusammen war. Tatsächlich hatte er sie bereits kennengelernt, als wir offiziell noch ein Paar waren. Was zwischen den beiden bis dahin gelaufen war, wollte ich gar nicht wissen. Aber mir ein schlechtes Gewissen einreden wollen! Obwohl er zweigleisig gefahren war.

Nebenbei erwähnte er, dass er die Scheidung eingereicht und den Beginn des Trennungsjahres um Monate zurückdatiert hätte. Denn Tisch und Bett hatten wir nur noch sporadisch geteilt. Mir sollte es recht sein, doch es wurmte mich ein wenig, dass er mich so schnell loswerden wollte.

In dieser Nacht schlief ich schlecht und dementsprechend war ich am nächsten Tag auch gelaunt. Meine Gegnerinnen taten mir leid, denn ich hatte eine mordsmäßige Wut im Bauch und ließ ihnen keine Chance. Fabian stand mir nur allzu lebhaft vor Augen. Was hatte er in den letzten Monaten gemacht, wenn er in seinem Büro saß und für nichts Augen hatte als für seinen PC? Oder wo war er gewesen, wenn er mal wieder nicht für mich erreichbar war? Wo hatte er das Wochenende wirklich verbracht, als ich mit verstauchtem Knöchel auf der Couch lag?

Wütend drosch ich meinen Gegnerinnen die Bälle um die Ohren und stand bald im Finale.

„Ich weiß nicht recht, ob ich mich wirklich auf die andere Seite vom Netz stellen soll", gab Susanne zu bedenken, als sie feststellte, dass wir beide das Finale austragen würden. „Du kennst heute keine Gnade. Wirst du irgendwann mal müde?"

„Später", gab ich zurück, auch wenn sich langsam eine leichte Mattigkeit bemerkbar machte. Die Wut in meinem Bauch begann langsam zu verrauchen. Zu viel Pause wäre jetzt verkehrt. Wenn ich erst mal zur Ruhe kam, musste ich meinen Elan später mit der Lupe suchen.

Dies war mein viertes Spiel heute und danach war ich auf jeden Fall Vize-Vereinsmeisterin. Nicht schlecht dafür, dass ich erst seit wenigen Wochen wieder mit von der Partie war. Morgen würden mir bestimmt alle Knochen weh tun. Aber wenn es mir dadurch innerlich besser ging, nahm ich das gern in Kauf.

Patrick

„Was gibt es denn so Interessantes zu sehen. Wird Susanne wieder Vereinsmeisterin?" Neugierig trat Patrick näher und warf einen Blick aufs Spielfeld. Bedauerlicherweise hatte er die meisten heutigen Spiele versäumt. Die anschließende Party ließ er sich als noch amtierender Vereinsmeister jedoch nicht entgehen. Außerdem hatte er nichts Besseres vor.

„Denkste. Vor einigen Wochen hat die Damenmannschaft Verstärkung bekommen und die fegt Susi gerade vom Platz."

„Was du nicht sagst."

„Tolle Beine hat sie, und sie ist wirklich gut."

Und tatsächlich, die Spielerin, die mit dem Rücken zu ihm spielte, fegte wie ein Wirbelwind über den Platz. Sie kam ihm vage bekannt vor. Doch bei ihrem letzten Return, der ihr den Matchball einbrachte, geriet sie ins Straucheln, knickte mit dem Fuß um und stürzte zu Boden. Jetzt konnte er ihr Gesicht sehen. Das war doch … Natalie! Welch eine schöne Überraschung. Ein strahlendes Lächeln glitt über sein Gesicht.

„Mensch Patrick, du bist doch Arzt. Nun geh schon hin und schau, was los ist und ob du helfen kannst."

Sein Teamkollege Jörg schob ihn energisch in Richtung Eingang. Lächelnd schlenderte Patrick zu ihr hinüber.

Natalie

„So ein Mist", schimpfte ich wütend vor mich hin. Warum musste ich gerade jetzt umknicken? Ich erbat mir eine kurze Auszeit und humpelte zu meinem Platz, um den Schaden zu begutachten. Von hinten fiel ein Schatten über mich, doch ich kümmerte mich nicht weiter darum, bis ich die dazugehörige Stimme erkannte und erstarrte.

„Brauchst du vielleicht wieder Hilfe?" Das klang eindeutig amüsiert. „Du scheinst hin und wieder ein Problem mit deinen Füßen zu haben."

„Und du scheinst immer dann zur Stelle zu sein, wenn ich welche habe." Verstimmt sah ich auf und blickte in sein lächelndes Gesicht. Seine Augen raubten mir den Atem. Jetzt bei Sonnenschein strahlten sie geradezu unwirklich grün. „Aber danke, es geht schon. Scheint nicht so schlimm zu sein, ich spiele weiter."

„Bist du sicher? Soll ich mir das nicht doch mal anschauen?" Zweifel standen in seinem Gesicht geschrieben, doch trotzig hob ich das Kinn.

„Ganz sicher. Ich habe Matchball, und den werde ich nun auch verwandeln und dann war Susi mal Vereinsmeisterin. Wenn es nicht funktioniert, kann ich immer noch aufgeben", fügte ich leise hinzu.

„Wie du meinst. Ich drücke dir die Daumen, dass du unsere Königin von ihrem Thron stürzt."

„Danke."

Sein plötzliches Auftauchen hatte mich überrascht, und mein Herzschlag beschleunigte sich nicht nur aufgrund des Spiels. Die Schmetterlinge in meinem Bauch flatterten wild durcheinander. Konnte ich mich nun wirklich noch auf diesen hoffentlich letzten Aufschlag konzentrieren? Ach was, ich musste einfach. Die Verletzung schien nicht allzu schlimm zu sein, also stellte ich mich wieder auf. All´ meine Kraft legte ich in den Aufschlag und mir gelang tatsächlich ein As.

Gewonnen! Ich hatte gewonnen! Was für ein herrliches Gefühl! Ein strahlendes Grinsen breitete sich auf meinem Gesicht aus, während ich zum Netz humpelte, um Susis Glückwünsche entgegenzunehmen.

„Herzlichen Glückwunsch, Natalie", meinte diese mit einem anerkennenden Lächeln. „Nach drei Jahren in Folge hast du mich nun tatsächlich vom Thron gestoßen. Alle Achtung. Aber du musst eine ziemliche Wut im Bauch gehabt haben, so wie du die Bälle übers Netz gepfeffert hast."

„Danke. Sorry. Aber du hast recht", gab ich zu. „Ich hatte verdammt viel Wut in mir. Die ist nun so ziemlich weg", erwiderte ich mit einem Augenzwinkern. „Ich bin wieder harmlos." Jetzt, wo alles vorüber war, spürte ich Müdigkeit in mir aufsteigen. In der letzten Nacht hatte ich mich ewig hin und her gewälzt, weil ich immer wieder über Fabian nachdenken musste.

„Gehen wir duschen und danach feiern." Gutmütig klopfte sie mir noch einmal auf die Schulter und ging davon, bevor ich auch nur hatte erwähnen können, dass ich auf die Feier nicht allzu großen Wert legte. Zähneknirschend sah ich ihr nach. Nun würde ich wohl doch auf die Party gehen müssen, wenn ich mir keine Blöße geben wollte. Als ich mich umwandte, um meine Sachen zu holen, stieß ich mit Patrick zusammen, der sie bereits in der Hand hielt.

„Hoppla." Wenn er mich nicht festgehalten hätte, wäre ich wohl wieder auf dem Hosenboden gelandet.

„Herzlichen Glückwunsch, Natalie." Dieses besondere Lächeln umspielte seinen Mund.

„Danke." Verdammt, nur durch seine bloße Anwesenheit verwandelten sich meine Beine in Pudding und mein Puls raste. Noch immer lagen seine Hände auf meinen Hüften. Wie sollte ich dabei ruhig bleiben? Diese wahnsinnige Anziehungskraft konnte ich nicht ignorieren.

Für einen kurzen Moment sahen wir uns tief in die Augen. Ob er wohl gerade auch alles um uns herum vergaß? Jetzt konnte ich nur noch daran denken, wie sich seine Lippen auf meinen angefühlt hatten und wünschte mir brennend eine Wiederholung. Beinahe zärtlich strich er mir eine Haarsträhne aus dem Gesicht, und als seine Finger dabei meine Haut berührten, stockte mir der Atem.

Irritiert wich ich einen Schritt zurück und löste mich damit von ihm. Es war so schwer, in seiner Gegenwart einen klaren Kopf zu behalten.

Mensch Natalie, was ist denn mit dir los, schimpfte ich im Stillen mit mir selbst. Es kann doch nicht sein, dass du zum Teenie mutierst, nur weil dir ein attraktiver Kerl über den Weg läuft. Also streckte ich meine Hand aus, um ihm meine Tasche abzunehmen, doch er hielt sie fest.

„Darf ich mir nun deinen Knöchel ansehen?", fragte er, ohne mich aus den Augen zu lassen. Er musterte mich aufmerksam.

„Wenn du meinst", gab ich möglichst gelassen zurück, obwohl mein Herz wie wild pochte. Ich musste mich wirklich beruhigen. So ging das doch nicht weiter. „Tanzen wird nicht gehen, aber womöglich finde ich eine ruhige Ecke, wo ich mich hinsetzen und zusehen kann."

Patrick lachte. „Tanzen würde ich dir auch nicht empfehlen, mit den zwei linken Füßen. Setz dich hierher auf die Bank, dann schaue ich mir deine Verletzung an."

Ich tat wie mir geheißen und ließ mich auf die Bank sinken. Vorsichtig zog er mir den Schuh aus und untersuchte den Fuß. Unwillkürlich musste ich an unsere erste Begegnung denken. Ob ihm womöglich dasselbe durch den Kopf ging, ließ er nicht erkennen. Während ich mich bemühen musste, zu verbergen, was in mir vorging, schien er damit keinerlei Schwierigkeiten zu haben. Wie gemein.

Als er mir allerdings einen Verband anlegen wollte, hielt ich ihn zurück.

„Das wäre wohl vergebliche Liebesmühe", meinte ich. „Schließlich will ich noch duschen. Danach darfst du dann gern weiter machen."

„Okay, dann warte ich auf dich."

Doch er ließ es sich nicht nehmen, mich bis zu den Umkleidekabinen zu stützen. Ein bisschen übertrieben, denn der Schmerz war nur noch unwesentlich. Seinen Arm um meine Taille zu spüren, war fast mehr als ich ertragen konnte, und ich musste mich unheimlich aufs Atmen konzentrieren. Erst vor der Tür ließ er mich los, gab mir meine Tasche zurück und setzte sich auf eine Bank.

So rasch ich konnte, verschwand ich unter die Dusche und kam eine Viertelstunde später erfrischt zurück. Dummerweise hatte ich es nicht abwarten können, wieder nach draußen zu kommen und mich beeilt. Neben einem T-Shirt und dazu passendem Rock hatte ich mir die Haare nur locker zusammen gesteckt und mich trotz der Schmerzen in meine Schuhe gezwängt.

Na ja, gezwängt traf es nicht wirklich. Aber ich hatte vor Vorfreude zuerst wirklich vergessen, dass man meine Sandaletten in der Weite verstellen konnte. Gott sei Dank hatte ich es noch bemerkt.

„Du hast dich beeilt", stellte er fest.

„Ich kann doch meinen Retter nicht unnötig warten lassen."

Nun flirtete ich tatsächlich mit ihm. Die Antwort war nur ein Lächeln und ein Blitzen seiner grünen Augen, die mich zum Verstummen brachten. Ich setzte mich rasch neben ihn, und er nahm meinen lädierten Fuß.

Erneut zog er mir den Schuh aus und machte sich an die Arbeit. Ich hätte ihm sagen sollen, dass es kaum noch weh tat, doch ich genoss die Berührungen zu sehr. Wenn sich seine Hände so gut an meinem Fuß anfühlten, wie mochte es dann wohl sein, wenn er sie anderweitig einsetzte? Ich krallte meine Hände um die Kante der Bank und konzentrierte mich darauf, ruhig weiter zu atmen. Ehrlich gesagt konnte ich mich nicht daran erinnern, dass ich schon jemals überlegt hatte, wie ich einen Typen ins Bett bekommen könnte, doch bei Patrick war alles anders. War das Liebe oder einfach nur Begehren?

Vielleicht konnte ich meine Besessenheit für ihn in den Griff bekommen, wenn ich tatsächlich mit ihm schlief? Er unterbrach meine Überlegungen.

„Fertig", verkündete er unnötigerweise. „Lass uns hinein gehen. Du musst noch die Siegerehrung über dich ergehen lassen, bevor die Feier beginnt. Die warten nur noch auf dich."

„Oh mein Gott. Dabei wollte ich mich eigentlich ganz schnell wieder verdrücken ...", setzte ich an, doch sein entrüsteter Blick ließ mich verstummen.

„Das kann nicht dein Ernst sein. Ich hatte gehofft, dass wir uns noch ein wenig unterhalten könnten, da tanzen ausfällt."

„So gern ich auch würde, aber das wird wirklich nichts. Ich habe es nicht so mit Partys." Abwehrend hob ich die Hände und schüttelte den

Kopf. Sein Hundeblick ließ mich weich werden. „Also gut, aber nur kurz."

Sein Lächeln konnte man nur triumphierend nennen. Doch er kommentierte seinen Sieg über meine Wankelmütigkeit nicht weiter.

„Dir muss ich wohl nicht sagen, dass du den Fuß schonen solltest?" Dabei waren die Schmerzen fast nicht mehr spürbar. Ob ich ihm sagen sollte, dass alles wieder in Ordnung war? Ach Quatsch.

Wieder dieses besondere Lächeln, als ich stumm den Kopf schüttelte. Ich hatte nicht einmal bemerkt, dass er mir meinen Schuh auch wieder angezogen hatte. So vertieft war ich in meine Gedanken gewesen.

Gemeinsam standen wir auf und er begleitete mich zur Tür des Vereinshauses, wo die Feierlichkeiten stattfanden. Großer Applaus brandete mir entgegen und ließ mir das Blut vor Verlegenheit in die Wangen schießen. Schon wurde ich von allen Seiten in Beschlag genommen. Darauf hätte ich wirklich gern verzichtet.

Natürlich hatte ich gewinnen wollen, aber nicht bedacht, dass dann die ganze Aufmerksamkeit auf mich gerichtet sein würde. Ich mochte es gar nicht, wenn ich im Mittelpunkt stand. Suchend sah ich mich nach Patrick um, doch der hatte sich an einen Tisch in einer ruhigen Ecke verzogen. Und sein Grinsen konnte nur bedeuten, dass er froh war, dass er nicht dort stand.

Ergeben ließ ich alles über mich ergehen und gesellte mich schließlich zu ihm.

„Du hättest mich wirklich vorwarnen sollen", sagte ich vorwurfsvoll, als ich mich auf den Stuhl fallen ließ. Erhitzt strich ich mir eine Haarsträhne hinters Ohr. So langsam sollte ich wieder eine normale Farbe angenommen haben.

„Um nichts in der Welt hätte ich dein Gesicht verpassen wollen", erwiderte er lachend und schob mir ein Glas hinüber. „Außerdem hättest du dann mit Sicherheit die Flucht ergriffen. Manchmal neigt man hier zur Übertreibung."

„Danke, das habe ich bemerkt", entgegnete ich trocken und nippte an dem Wein.

„Woher hast du gewusst, dass ich Wein trinke? Ein Glas aber nur, denn ich muss nachher noch Auto fahren."

„Ganz bestimmt nicht", entgegnete er entschieden. „Wir nehmen ein Taxi."

„Wir?", fragte ich überrascht und zog die Augenbrauen hoch.

„Ja. Ich bringe dich heim und fahre dann weiter."

„Ach so."

Mist, das hatte selbst in meinen Ohren arg enttäuscht geklungen. Wenn er es bemerkt hatte, so ließ er es sich jedenfalls nicht anmerken.

ACHT

Der Abend wurde schöner, als ich es erwartet hatte, was nicht zuletzt an Patricks Gesellschaft lag. Wir unterhielten uns über Gott und die Welt und hatten nur Augen füreinander. Dazu tranken wir Wein und hörten gute Musik. Dass über uns getuschelt wurde, nahmen wir gar nicht wahr.

Es wurde später und langsam leerte sich der Raum. Auch ich musste gähnen. Die Müdigkeit schlug wieder zu.

„Ich rufe uns ein Taxi", meinte Patrick daraufhin fürsorglich und stand auf, um telefonieren zu gehen.

Genüsslich räkelte ich mich auf meinem Stuhl und sah ihm versonnen nach. Nach einem Blick auf die Uhr bemerkte ich erstaunt, wie spät es bereits war. Bald ging die Sonne wieder auf. So lange hatte ich mich mit Patrick unterhalten? Und ich hatte mich sehr wohl dabei gefühlt.

Er kehrte zurück. „Komm. Das Taxi braucht noch ungefähr eine halbe Stunde. Hast du nicht

Lust, noch ein wenig nach draußen zu gehen? Es ist eine herrlich laue Nacht. Wer weiß, wie lange es noch warm bleibt."

Schon hatte er meine Hand ergriffen und zog mich hoch. Dass ich einen kleinen Schwips hatte, ließ sich leider nicht leugnen, doch das leichte Schwanken bekam ich schnell in den Griff, als er mir in die Augen schaute. Es schien eine Zärtlichkeit in seinen zu liegen, die mich noch nervöser machte und fast hätte ich meine Jacke liegen gelassen, weil ich dermaßen abgelenkt war.

Mit einem leichten Lächeln reichte er sie mir und führte mich hinaus. Es war wunderschön draußen. Die Sterne funkelten am Himmel, und der Mondschein bahnte sich seinen Weg durch die Blätter der Bäume. Von irgendwoher hörte ich den Schrei einer Eule. Noch immer hielt er meine Hand, und wieder begann mein Herz wie wild zu pochen, als er mich in den Schatten zu einer Bank zog.

Zum Überlegen hatte ich gar keine Zeit. Schon hatte er mein Gesicht in seine Hände genommen und küsste mich. Unwillkürlich schlang ich meine Arme um ihn und erwiderte diesen Kuss, der endlos zu dauern schien. Die Welt um uns herum versank und was zählte, waren nur noch seine Wärme und Zärtlichkeit. Eine Hand wanderte in meinen Nacken und liebkoste die nackte Haut, die andere streichelte meinen Rücken. Heiße Erregung schoss in meinen Schoß und unwillkürlich stöhnte ich leise auf und drängte mich dichter an ihn. Bitte mehr davon. Doch bedauerlicherweise ließ er mich irgendwann los und lehnte seine Stirn an meine.

„Das wollte ich schon den ganzen Abend tun", flüsterte er schließlich atemlos. „Ich musste dich endlich berühren."

Meine Arme hielten ihn weiterhin fest, mochten ihn nicht freigeben und vor allem wollte ich mehr von diesen Küssen! Also tat ich es einfach, und zum Glück schien er nichts dagegen zu haben. Meine Hand wanderte unter sein Shirt und ich spürte weiche Haut über festen Muskeln. Ich wusste, wenn er nun mit zu mir nach Hause fahren wollte, würde ich nicht nein sagen können und wollen.

Wir hielten uns fest umschlungen, küssten uns wieder und wieder, bis das Taxi kam. Leider war es viel zu früh da, denn ich hätte ewig so weitermachen können. Als wir eingestiegen waren, herrschte Schweigen zwischen uns, doch wir hielten uns weiterhin an den Händen.

Die Fahrt zu meinem Haus dauerte nicht lang, und ich wusste nicht recht, wie ich mich verabschieden sollte. Tschüss bis bald wäre vielleicht nicht das Richtige.

Patrick stieg mit mir aus. „Ich warte, bis du drinnen bist", sagte er leise und küsste mich erneut. Was sollte ich bloß antworten? Mir fehlten die Worte. Seine Küsse waren so wunderbar gewesen, ebenso wie seine Hände auf meinem Körper zu spüren. Erwartete er, dass ich ihn hereinbat? Offen gestanden fehlte mir dazu mit einem Mal der Mut.

„Sehen wir uns wieder?", fragte ich stattdessen ebenso leise, nachdem der Kuss geendet hatte.

„Worauf du dich verlassen kannst", antwortete er lächelnd und strich mir sanft über die Wange. „Gute Nacht Prinzessin. Schlaf gut und träum süß."

„Gute Nacht und auch dir schöne Träume."

Tja, so viel dann dazu, dass er vielleicht würde mitkommen wollen. Prima. Gut, dass ich nicht gefragt hatte. Nicht mal meine Telefonnummer hatte er haben wollen. Geknickt ging ich zur Tür und schloss auf. Dann drehte ich mich um und winkte, als das Taxi abfuhr.

Leider erwartete mich drinnen nur Dunkelheit und machte mir erneut klar, dass ich allein war. Ich vermisste Flocki geradezu schmerzlich. Gefrustet wusch ich mich und ging ins Bett, aber nicht, ohne vorher sämtliche Türen abgeschlossen zu haben.

Patrick

Patrick war es nicht gerade leicht gefallen, Natalie allein ins Haus gehen zu lassen. Nur zu gern hätte er sie begleitet. Ihre Küsse hatten ihn umgehend hart werden lassen und heiße Erregung loderte in seinem Körper. Nur mit Mühe hatte er sich unter Kontrolle gehalten. Es verlangte ihn danach, sich in ihr zu versenken. Aber das wäre unfair gewesen.

Denn er hatte es nicht über sich gebracht, ihr zu erzählen, warum sie sich wiedersehen würden. Und das auch schon sehr bald. Mit ihr zu schlafen hätte die ganze Sache nur verkompliziert. Wie sie dann mit der Situation umgehen würden, musste sich erst noch herausstellen.

Aber in ihm keimten Gefühle für Natalie auf, das ließ sich nicht mehr leugnen, nur welcher Art diese waren, konnte er noch nicht mit Genauigkeit sagen. Vielleicht begehrte er sie einfach nur. Allerdings war es sehr schön gewesen, den ganzen Abend mit ihr zusammen zu sitzen und sich einfach nur zu unterhalten.

Völlig kalt ließ er sie auch nicht, da war er sich sicher. Sonst hätte sie seine Küsse nicht so leidenschaftlich erwidert. Er lächelte, als er daran dachte, wie verlegen sie beim Abschied geworden war. Süß. Als er allerdings daran dachte, wie sie wohl reagieren würde, wenn er in zwei Wochen bei ihrer Arbeitsstelle auf der Matte stand, seufzte er.

Vielleicht wäre es doch besser gewesen, wenn er ihr vorab etwas gesagt hätte. Als er letzte Woche in der Praxis gewesen war, um sich schon einmal vorzustellen, hatte sie frei gehabt. Das konnte ja was werden. Aber da hatte er sich selbst hinein manövriert.

NEUN

Dass wir uns wiedersehen würden, damit hatte er nicht gelogen, stellte ich zwei Wochen später frustriert und wütend fest, als er Montagmorgen gut gelaunt gemeinsam mit Dr. Grünhart die Praxis betrat. Seit der Party hatte ich nichts mehr von ihm gehört, und nun stand er mit einem Mal, ohne Vorwarnung, grinsend vor mir.

Toll. Hätte er bei unserer letzten Begegnung nicht irgendetwas darüber verlauten lassen können? Blut schoss mir in die Wangen, als ich daran dachte. Lang genug unterhalten hatten wir uns ja wohl. Wie kam er dazu, etwas so Wichtiges zu verschweigen?

„Guten Morgen Natalie", begrüßte mich mein Chef. „Darf ich Ihnen Patrick Schütz vorstellen? Er wird in Zukunft hier mitarbeiten und später die Praxis ganz übernehmen."

„Natalie Vogt", stellte ich mich zähneknirschend vor. „Nett, Sie wiederzusehen, Herr Schütz."

Im Leben würde ich ihn nicht duzen, dazu war ich viel zu sauer. Ich gab mir keine Mühe damit, meine Gefühle zu verbergen. Sein Lächeln gefror. Meine Reaktion schien ihn nicht zu überraschen.

„Hallo Natalie." Seine weiche Stimme verursachte eine Gänsehaut, und ich musste mich arg zusammenreißen, um nicht die Fassung zu verlieren.

„Oh, Sie kennen sich?", hakte Dr. Grünhart überrascht nach.

„Flüchtig", antwortete ich, ohne meinen Blick von Patrick abzuwenden. Alles andere ging meinen Chef nichts an, und Patrick würde im Privaten etwas zu hören bekommen, sobald ich dazu die Gelegenheit bekam.

„Ach ja, ich vergaß, dass er auf Ihrer Geburtstagsfeier zugegen war." Dr. Grünhart schien ein wenig Spaß auf unsere Kosten zu haben, und warf mir einen entschuldigenden Blick zu, bevor er sich umwandte und davonging.

Völlig erschlagen von dieser Neuigkeit ließ ich mich auf meinen Stuhl sinken. Wirklich super. Nun würde ich ihn jeden Tag sehen, mit ihm zusammen arbeiten, da war alles andere Tabu. Ich würde doch nichts mit meinem Chef anfangen. Das war mal wieder typisch. Ich traf einen interessanten Mann, der auch noch hervorragend küssen konnte, der mich alles andere vergessen ließ und dann so etwas.

Wütend blinzelte ich die Tränen weg, die in mir aufstiegen. Es fehlte wirklich nur noch, dass ich wegen ihm anfing zu heulen.

Den ganzen Vormittag war ich fast nicht zu gebrauchen, obwohl ich mich zusammenriss, soweit das möglich war. Schließlich nahm Hilla mich beiseite.

„Was ist denn heute bloß mit dir los?", fragte sie leise. „Du bist ja richtig neben der Spur. Jetzt hast du schon zum x-ten Mal die falschen Krankenakten heraus gesucht."

„Tut mir leid", entgegnete ich unglücklich und konnte nicht verhindern, dass mir Tränen in die Augen traten. Jetzt musste ich mir schleunigst etwas einfallen lassen, denn dass Patrick und ich so etwas wie eine Knutschaffäre hatten, ging hier niemanden etwas an. Bisher hatte ich auch noch keinem von dem Ende meiner Ehe erzählt. Also nahm ich das als willkommenen Vorwand.

„Fabian und ich haben uns getrennt."

„Ach Natalie. Wie kommt denn das?" Mitfühlend legte sie einen Arm um mich, und ich fühlte mich schlecht, weil es mir gar nicht darum ging und ich sie praktisch belog.

„Es ist schon an meinem Geburtstag passiert. Zwischen uns passte es einfach nicht mehr." Mehr wollte ich dazu gar nicht sagen.

„An deinem Geburtstag? Das ist aber nicht gerade ein schöner Zeitpunkt."

„Danach hat er nicht gefragt. Ich glaube, dass das eher eine spontane Entscheidung war, und außerdem hat er bereits wieder eine Freundin."

Und diese Tatsache war immer noch etwas, was mich leicht in Rage brachte. Doch ich musste mich beruhigen.

„Und ich habe schon gedacht, dass es mit dem neuen Chef zusammenhängt. Der sieht aber auch verboten lecker aus." Vergnügt zwinkerte sie mir zu. Hilla war glücklich verheiratet und vergötterte ihren Mann ebenso, wie er sie.

„Mag schon sein." Ich gab mich betont gleichgültig.

„Ach Natalie. Hast du etwa keine Augen im Kopf?" Ungläubig starrte sie mich an.

„Doch schon. Aber er ist nun mal der Chef, da nutzt es gar nichts, dass er zum Anbeißen aussieht." Seufzend machte ich mich los. „Heute Nachmittag funktioniere ich wieder, versprochen."

„Alles okay. Ich weiß ja nun Bescheid. Hast du es Dr. Grünhart schon erzählt?"

„Um Gottes Willen. Der fühlt sich doch immer gleich für mich verantwortlich, seit meine Eltern nicht mehr da sind. Irgendwann, wenn es mal passt, sage ich es ihm, aber nicht jetzt."

„Deine Entscheidung." Hilla hob die Hände. „Hier, besetz das nächste Sprechzimmer." Sie reichte mir eine Karte und machte sich wieder an ihre Arbeit.

Bald war Mittag und nachdem alle anderen gegangen waren, blieben nur noch Patrick und ich zurück. Ich hatte absichtlich gebummelt, sodass ich ihn noch treffen musste. Eigentlich hatte ich noch etwas anderes zu erledigen, doch das Gespräch mit ihm war ebenso wichtig wie nötig, wenn ich meinen inneren Frieden wiederfinden wollte. Er kam selbst auf mich zu, als ich gerade meine Sachen in die Tasche packte.

„Können wir uns kurz unterhalten?", fragte er beiläufig.

Wütend blitzte ich ihn an, während ich langsam aufstand und sorgfältig die Praxistür schloss. Schließlich musste nicht jeder, der zufällig draußen vorbei ging, mitbekommen, was hier geredet wurde.

„Aber sicher doch." Meine Stimme schien gar nicht mir zu gehören, so sehr triefte sie vor Sarkasmus. „Ich glaube, mich daran zu erinnern, dass wir uns neulich ziemlich lange unterhalten haben, aber mit keinem, ich wiederhole, mit keinem einzigen Wort hast du erwähnt, dass du demnächst als mein Chef hier auftauchen würdest", fauchte ich wütend und verletzt. Meine Augen sprühten Funken, ich konnte es beinahe selbst spüren. Er wirkte zerknirscht.

„Das tut mir ehrlich leid. Vielleicht hätte ich wirklich etwas sagen sollen", gab er zu und steckte verlegen die Hände in die Hosentaschen. So als wüsste er auf einmal nicht mehr, was er mit ihnen anfangen sollte.

„Vielleicht ist gut", entgegnete ich erhitzt. „Natürlich hättest du. Ich bin aus allen Wolken gefallen, als ich dich heute Morgen hier hereinkommen sah. Was meinst du denn?"

Erregt und unglücklich begann ich auf und ab zu laufen. Normalerweise war ich wieder die Ruhe in Person, aber er brachte mich komplett in Rage.

„Natalie ...“, begann er.

„Nein“, fuhr ich dazwischen. „Glaubst du denn, unsere Knutscherei hat mich kalt gelassen? Und wenn wir nun miteinander geschlafen hätten?“ Das Blut schoss mir ins Gesicht, als ich daran dachte, wie sehr ich mich nach ihm gesehnt hatte. Ein kleines Lächeln umspielte seine Lippen, als er leise antwortete.

„Haben wir aber nicht. Vor allem, weil ich es dir gegenüber als unfair empfunden habe, auch wenn ich es gern getan hätte, wie ich zugeben muss.“

„Na toll.“ Hilflos schloss ich die Augen, war mir nicht sicher, wie ich mit der Situation umgehen sollte. Einerseits hätte ich mich gern in seine Arme geworfen, andererseits hätte ich ihm genauso gern eine geknallt. Zu meinem Entsetzen spürte ich, wie mir Tränen in die Augen traten. Sofort drehte ich mich um, damit er es nicht sah.

„Natalie, ich wusste nicht, wie ich es dir sagen sollte. Ich habe mich sehr darüber gefreut, dass wir uns neulich wieder getroffen haben, und du kannst mir glauben, dass mich deine Küsse auch nicht kalt gelassen haben."

Er war dicht hinter mich getreten, legte mir die Hände auf die Schultern und drehte mich zu sich herum.

„Sieh mich an", bat er und ich öffnete die Augen. Leider konnte ich nun nicht mehr verhindern, dass er die Tränen sah, die in ihnen glitzerten.

„Nicht weinen", flüsterte er. „Wir kriegen das schon hin." Sanft strich er mir über die Wange und hinterließ eine glühende Spur auf meine Haut.

Wirklich überzeugt klang er nicht. Aber dass es ihm leidtat, konnte ich sehen, auch wenn ich keinen blassen Schimmer hatte, wie wir das hinbekommen sollten. Denn nun wurde mir bewusst, dass ich wirklich dabei gewesen war, mich ernsthaft in ihn zu verlieben.

„Ich werde dich hier nicht duzen", brachte ich schließlich heraus. „Was zwischen uns war, geht hier keinen etwas an, und es wird auch nicht wieder passieren."

„Du hast recht, es geht niemanden etwas an. Aber ich werde dir nicht garantieren, dass es nie wieder passieren wird." Nun funkelten seine Augen herausfordernd, als er mich losließ. Obwohl er Abstand zwischen uns gebracht hatte, meinte ich, nach wie vor seine Hände auf meinen Schultern zu spüren. Sein Blick hielt den meinen gefangen, und ich hätte schwören können, dass er mich gerade genauso gern in den Arm genommen hätte, wie ich ihn. Doch das durften wir nicht riskieren. Ich wollte keine Affäre mit meinem Chef, so einfach war das.

„Was privat ist, bleibt privat", versprach er noch einmal und drückte mir trotzdem einen sanften Kuss auf den Mund.

„Das sehe ich", murmelte ich. Dann wandte ich mich ab. Für einen Moment blieb er unentschlossen stehen, dann verließ er die Praxis.

Für den Rest des Tages riss ich mich weitestgehend zusammen, aber abends holte ich als erstes meine Laufschuhe aus dem Schrank und schnappte mir meinen Hund.

„Komm Flocki, wir laufen eine Runde. Ich muss mich dringend abreagieren und bald wird es dunkel."

Der Hund freute sich natürlich wie verrückt und ließ es sich nicht zwei Mal sagen. Doch auch nach fünf Kilometern ging es mir nicht besser. Musste denn ausgerechnet Patrick der neue Chef sein? Warum? Konnte in meinem Leben nicht einmal etwas rund laufen?

An diesem Tag ging ich früh zu Bett, doch schlafen konnte ich lange nicht, denn immer wieder musste ich an ihn denken. Daran, dass er nun ständig präsent sein würde und ebenso an die leidenschaftlichen Küsse, die wir ausgetauscht hatten. Wenn er sich nicht so besonnen verhalten hätte, dann wären wir vielleicht wirklich miteinander im Bett gelandet.

Tröstlich war, dass Patrick am nächsten Morgen ebenfalls mit dunklen Schatten unter den Augen zur Arbeit erschien. Also war ich wohl nicht die einzige, die eine schlaflose Nacht hinter sich hatte. Erstaunlicherweise war alles gut, solange er mir nur nicht zu nahe kam und fast schien es, als würde er dies absichtlich vermeiden, so als hätte auch er entschieden, dass eine Affäre oder Beziehung oder was auch immer, zwischen uns nicht in Frage kam.

Also konnte ich mich auf meine Arbeit konzentrieren und fand auch meine Freude daran wieder.

Im Laufe der nächsten Tage schenkte ich Dr. Grünhart reinen Wein über meine Trennung von Fabian ein. Und wie zu erwarten, war er erschüttert. Klar, er war ja auch seit über dreißig Jahren mit derselben Frau verheiratet, und die beiden waren wirklich süß anzuschauen. Manchmal hatte man regelrecht den Eindruck, als hätte man ein frisch verliebtes Paar vor sich, so liebe- und respektvoll gingen sie miteinander um. Traf man sie wirklich einmal privat an, so gingen sie Hand in Hand spazieren.

Ehrlich gesagt waren es diese Vertrautheit und Liebe, dieser Respekt, der mir in meiner eigenen Ehe gefehlt hatte und den ich mir dringend für mich selbst wünschte. Eine gewisse Sicherheit und Geborgenheit wollte ich bei einem Mann spüren. Das alles hatte Fabian mir nicht geben können oder nicht geben wollen.

„Ach Kindchen, das sind aber keine schönen Neuigkeiten", seufzte Dr. Grünhart. „Und das an

Ihrem Geburtstag. Wohnen Sie denn jetzt ganz allein in dem Haus?"

Ich lachte, denn offensichtlich machte sich jeder Gedanken darüber, dass ich allein wohnte. Dank Flocki hatte mich mittlerweile fast daran gewöhnt.

„Na ja, fast allein. Seit einiger Zeit habe ich den Hund von Onkel Rudi übernommen. Der ist den ganzen Tag zu Hause und passt gut auf alles auf."

„Wenigstens etwas. Waren Sie mal wieder bei ihm? In letzter Zeit übernimmt ja Herr Schütz meist die Hausbesuche."

„Ich gehe ihn so oft besuchen, wie ich kann. Er hat mir erzählt, wie es um ihn steht und es tut weh, seinen körperlichen Verfall mit anzusehen. Ebenso, dass er sich mehr und mehr aufgibt. Physisch und psychisch geht es ihm nicht gut, und er schläft viel."

„Leider können wir nicht mehr viel für ihn tun, außer ihm das größte Leid zu ersparen." Er tätschelte bedauernd meine Hand.

„Ich weiß. Trotzdem ist es schwer", seufzte ich traurig. „Er ist das einzige noch lebende Mitglied meiner Familie, und ich mag ihn nicht auch noch verlieren, nicht auf diese Art und Weise. Aber ich weiß, dass ich nichts weiter tun kann, als für ihn da zu sein, wann immer es geht."

Ich musste mal wieder Tränen herunter schlucken, wenn ich an Onkel Rudi dachte, doch mit meiner Heulerei war niemandem geholfen. Dr. Grünhart war so freundlich, nicht darauf zu reagieren, obwohl er es gesehen haben musste.

„Natalie, ich bin sicher, er weiß ganz genau, was er an Ihnen hat. In den nächsten Tagen schaue ich selbst einmal bei ihm vorbei."

„Danke." Ich war ihm wirklich dankbar. Die beiden älteren Herren kannten sich schon seit ewigen Zeiten, und ich glaubte zu wissen, dass sie auch eine gewisse Art der Freundschaft verband. Bestimmt war Dr. Grünhart nicht glücklich darüber, ihn zu verlieren. Doch das gehörte nun einmal zum Leben dazu, auch wenn es nie leicht ist, jemanden gehen zu lassen.

„Und nun ab nach Hause mit Ihnen, Natalie. Das Wetter lädt zum Spazieren gehen mit dem Hund geradezu ein."

„Ich bin schon weg. Schönen Abend noch Dr. Grünhart."

„Danke, für Sie auch."

Damit verließ ich die Praxis, stieg auf mein Fahrrad und fuhr heim. Das Gespräch mit meinem Chef hatte mir gutgetan und heute Abend drehte ich meine Hunderunde in normalem Tempo und spielte ein wenig mit Flocki.

Es wurde nun abends rasch kühler, der Herbst brach mit voller Macht herein, und die Tage wurden merklich kürzer. Das Laub in den Wäldern begann sich bunt zu färben und sah wunderschön aus im Licht der untergehenden Sonne.

Ich atmete tief ein. Feuchtigkeit lag in der Luft und heute würde vielleicht noch Nebel aufziehen. Es war ein schönes Ende des Tages, perfekt wäre er, wenn ich jemanden an meiner Seite hätte, der mich wirklich liebte. Doch diesen jemand musste ich erst einmal finden, zumal ich auch meine biologische Uhr immer lauter ticken hörte. Das Schlimme war, seit ich Patrick kannte, sehnte ich mich immer verzweifelter nach einer eigenen Familie. Vielleicht hatte es auch etwas mit dem bevorstehenden Tod von Onkel Rudi zu tun, mit dem Gefühl des Alleinseins.

ZEHN

Am Wochenende fand das nächste Turnier statt. Zum ersten Mal spielte ich im Doppel mit Susanne. Wir hatten genügend trainiert, doch das gegnerische Team stand eindeutig schon länger gemeinsam auf dem Platz, und wir hatten arg zu kämpfen, um gegen sie bestehen zu können. Die waren wirklich gut. Dieses Match verloren wir, doch in unseren Einzeln konnten wir punkten. Dass Patrick zum Zuschauen gekommen war, bemerkte ich erst, als alles schon vorbei war. Seit unserem Zusammenstoß in der Praxis hatten wir kein privates Gespräch mehr geführt.

Unschlüssig stand er, die Hände tief in den Hosentaschen vergraben, etwas abseits und schien zu warten. Doch wohl nicht auf mich? Mein verräterisches Herz fing bei dem Gedanken daran sofort wie wild an zu klopfen, und nur zu gern hätte ich ihm gesagt, dass es auf der Stelle damit aufhören sollte. Aber auch das Kribbeln in meinem Bauch zeugte davon, dass ich nach wie vor etwas für ihn empfand. Bei der Arbeit schaffte ich es stets erfolgreich, diese Gefühle zu unterdrücken, aber nun, da er so unvermittelt aufgetaucht war, brachen sie wieder hervor.

Müde und verschwitzt, wie ich war, hatte ich keine Lust ihn zu sehen, doch wenn ich zur Dusche wollte, musste ich wohl oder übel an ihm vorbei. Er hatte sich strategisch wirklich günstig platziert. Susanne lief an ihm vorbei und nickte ihm freundlich zu.

„Hallo Patrick."

„Hey Susi." Doch sie hielt sich nicht bei ihm auf, sondern verschwand in der Umkleide.

„Natalie." Allein nur, wie er meinen Namen aussprach, ließ mich dahin schmelzen. „Herzlichen Glückwunsch zum Gewinn."

„Danke." Unbehaglich blieb ich bei ihm stehen. „Das Doppel haben wir verloren", meinte ich schließlich, nur um irgendetwas zu sagen.

„Das kann passieren", erwidert er daraufhin nur und suchte meinen Blick.

„Was machst du hier, Patrick?", fragte ich ganz direkt.

„Ich hatte nichts anderes zu tun und wollte sehen, wie ihr euch in eurem ersten Doppel schlagt.

Du warst letzte Woche nicht bei den Vereinsmeisterschaften der Herren", stellte er dann fest.

„Nein. Ich denke eben, es ist besser, wenn wir uns aus dem Weg gehen. Glückwunsch übrigens, dass du gewonnen hast." Ich rang mir ein Lächeln ab, obwohl mir eher zum Heulen zumute war. Es war so schwer, hart zu bleiben, mich nicht in seine Arme zu werfen und sich nicht so verdammt nach seinen Küssen zu sehnen.

„Danke." Er sah aus, als wollte er noch etwas hinzufügen, überlegte es sich aber offensichtlich anders und schwieg. Es würde wohl noch eine ganze Weile dauern, bevor wir wieder unverkrampft miteinander würden umgehen können.

„Ich gehe jetzt mal duschen. Mach's gut. Wir sehen uns Montag bei der Arbeit." Kurz und schmerzlos wollte ich mich verabschieden und an ihm vorbei gehen, doch er hielt mich am Arm zurück.

„Soll das nun so weiter gehen, wann immer wir uns treffen?", fragte er stirnrunzelnd und fuhr sich sichtlich aufgewühlt durchs Haar.

„Ich weiß nicht", gab ich zögernd zurück und wagte nicht, ihm ins Gesicht zu sehen, aus Angst, er könnte meine Gefühle darin lesen. Seine Nähe war einfach zu irritierend. Er zog mich dorthin, wo wir vor den neugierigen Blicken der anderen geschützt waren.

„Ich will das so nicht", flüsterte er, nahm wie selbstverständlich mein Gesicht in seine Hände und küsste mich zärtlich auf den Mund. Natürlich blieb es dabei nicht. Mein Verstand setzte in dem Moment aus, als seine Lippen die meinen berührten, und ich erwiderte den Kuss, vergrub meine Hände in seinem Haar und vergaß alles um uns herum. Leider dauerte dieser Kuss nicht ewig und wie schon einmal zuvor lehnte Patrick seine Stirn danach an meine.

„Verdammt", flüsterte er ein wenig atemlos. „Können wir nicht einfach zusammen sein, wie andere Paare auch? Warum muss das alles so kompliziert sein?"

Betreten schwieg ich. Was meinte er damit, wenn er sagte, wie andere Paare auch? Hallo, wir waren nicht zusammen. Nicht in meinen Augen. Bisher war außer ein paar aufwühlenden Küssen nichts passiert. Und das würde so bleiben, auch wenn sich ein Teil von mir wünschte, dass es nicht so wäre.

„Du kannst doch nicht leugnen, dass zwischen uns etwas ist." Erneut küsste er mich. Ich konnte nicht verhindern, dass mein Körper auf ihn reagierte. Vom Kopf her wusste ich, dass es nicht richtig sein konnte. Sanft, aber bestimmt befreite ich mich aus seiner Umarmung und schüttelte den Kopf.

„Du weißt, dass ich es nicht leugnen kann", flüsterte ich. „Aber ich kann mich von dir fernhalten, weil ich meine, dass es falsch wäre, mit dir etwas anzufangen. Es geht gegen meine Prinzipien. Keine Liebe am Arbeitsplatz." Meine Stimme versagte, da ich den Tränen nahe war. Diese Worte auszusprechen, hatte mich viel Kraft gekostet.

„So siehst du das also? Du willst nichts mit mir anfangen?", fragte er ungläubig, und ich wagte erneut nicht, ihm ins Gesicht zu sehen. Enttäuschung und unterdrückte Wut meinte ich in seiner Stimme wahrzunehmen. Es tat mir leid, dass ich das ausgesprochen hatte, aber es musste sein.

„Weil du vielleicht deine Prinzipien mal außer Acht lassen müsstest, wird das also nichts? Natalie, ich rede doch nicht nur von einer Affäre, verdammt noch mal", presste er leidenschaftlich hervor. „Nein, ich rede von einer richtigen Beziehung, mit allem, was dazu gehört. Und wenn es klappt, dann will ich auch eine eigene Familie. Natalie, hörst du mich?"

Mir liefen die Tränen übers Gesicht, während er mich an den Armen gepackt hielt und ein wenig schüttelte. Er wollte, was ich auch wollte, und doch konnte ich nicht aus meiner Haut. Wahrscheinlich würde ich später bereuen, was ich hier tat, doch soweit wollte ich jetzt nicht denken.

„Es tut mir leid", schluchzte ich und er ließ mich abrupt los. „Ich will dir nicht weh tun, aber ich kann nicht. Bitte, halte ein wenig Abstand, damit es für uns beide nicht so schwer ist."

„Wie du willst", antwortete er mit erschreckend tonloser Stimme. „Ich werde dich nicht wieder anfassen."

Als ich den Schmerz in seinen Augen sah, kurz bevor er sich umdrehte, hätte ich ihn am liebsten sofort zurückgerufen, doch stattdessen schloss ich kurz die Augen und ging dann weinend in die Umkleide. Leider war Susi noch nicht weg und kam neugierig zu mir herüber, als ich mich auf eine Bank fallen ließ und schluchzend mein Gesicht in den Händen verbarg.

„Natalie? Was ist denn passiert? So schlimm war die Niederlage doch auch nicht." Tröstend legte sie mir einen Arm um die Schultern.

„Die Niederlage ist mir ehrlich gesagt gerade scheißegal", gab ich erstickt zurück. Konnte sie nicht einfach gehen? Ich wollte nicht mit ihr reden, damit es nicht im Verein die Runde machte. „Susi, es tut mir leid, aber im Moment kann ich nicht darüber reden. Ist nicht böse gemeint."

„Schon gut. Aber wenn du es loswerden willst, melde dich." Ich hörte, wie sie ihre Sachen packte und hinaus ging. Endlich allein. Hemmungslos ließ ich meinen Tränen freien Lauf, und auch unter der Dusche wurde ich ihrer nicht Herr. Erst als ich mich abtrocknete und in meine Klamotten stieg, verebbte der Strom langsam und ich griff zu meinem Handy, um Yvonne anzurufen.

„Was ist los?", fragte diese alarmiert, als sie nur meine Stimme hörte.

„Kann ich vorbei kommen? Ich brauche jemanden zum Reden."

„Ich hab Zeit. Wann bist du da?"

„Ich fahre direkt vom Tennisplatz los. Dauert nur ein paar Minuten."

„Bis gleich dann."

Das liebte ich an meinen Freunden, wenn ich jemanden brauchte, waren sie da, ohne groß Fragen zu stellen. Natürlich kam es schon mal vor, dass jemand nicht sofort Zeit hatte, aber das war nicht so tragisch. Manchmal war es einfach nur schön zu wissen, dass jemand da war. Für mich selber war es ebenfalls selbstverständlich, dass ich da war, wenn mich jemand brauchte.

Kaum hatte Yvonne die Tür geöffnet, fiel ich ihr heulend um den Hals. „Ich hab so einen Mist gebaut", weinte ich, während sie mich ins Wohnzimmer führte.

„Was ist denn überhaupt passiert?", fragte sie und bedeutete ihrem Mann mit einer Geste, das Zimmer zu verlassen.

„Ich hab dir doch neulich von Patrick erzählt und heute habe ich ihn endgültig vergrault." Ich erzählte ihr die ganze Geschichte. Nicht ein Mal unterbrach sie mich und als ich geendet hatte, schwieg sie erst einmal, was mich dermaßen irritierte, dass meine Tränen prompt versiegten.

„Toll hört sich das nicht gerade an", stimmte sie mir schließlich zu. „Und ich weiß auch nicht wirklich, was ich dir jetzt raten soll." Hilflos zuckte sie mit den Schultern.

„Ich hab ihn wirklich verletzt", flüsterte ich. „Anscheinend kann ich in Bezug auf Männer nichts richtig machen. Dabei habe ich ihn wirklich gern."

„Nur gern?", hakte sie nach.

„Ich weiß es nicht. Vielleicht hätte ich das zuerst herausfinden sollen. Aber es könnte auch einfach nur sein, dass ich ihn begehre und dann am Arbeitsplatz? Und was passiert, wenn es aus ist? Ich kann das einfach nicht."

„Beruhige dich, es wird sich schon alles finden. Vielleicht hilft euch wirklich ein wenig Abstand. Auch wenn es definitiv etwas zwischen euch gibt, das ihr wohl selbst nicht versteht."

„Ich muss erst mal nachdenken", gab ich kleinlaut zurück. Es könnte wirklich sein, dass ich übers Ziel hinaus geschossen war. Nun nahm ich meine Umgebung wahr und schluckte. Das Licht im Wohnzimmer war gedimmt, auf dem Tisch standen zwei Gläser und eine Flasche Rotwein und im Hintergrund spielte leise Musik.

„Oh", entfuhr es mir. „Ich habe euch wohl gestört. Tut mir leid. Flocki wartet bestimmt schon, ich gehe besser."

„Alles ist gut, Süße. Der Abend ist doch noch lang." Fröhlich lachte sie mich an.

„Trotzdem, ich fahre jetzt nach Hause. Es hat mir ungemein gutgetan, dass ich den ganzen Mist bei dir abladen konnte. Danke dir und grüß deinen Mann. Gib ihm einen Kuss dafür, dass ich euch unterbrochen habe."

„Mache ich. Und du grübelst nicht mehr so viel. Wenn er dich wirklich so sehr mag, verzeiht er dir alles." Da war ich mir nicht so sicher. Sie hatte den Ausdruck auf seinem Gesicht nicht gesehen, als ich ihn vor den Kopf gestoßen hatte. Augenzwinkernd brachte sie mich zur Tür. „Mach's gut."

„Du auch."

Rasch stieg ich in mein Auto und fuhr davon. Wie peinlich, nun hatte ich auch noch den Abend der beiden gestört. Dabei wusste ich doch, dass sie bereits an der Vergrößerung ihrer Familie bastelten.

Zu Hause ging ich erst einmal eine Runde mit Flocki und verkroch mich dann mit einer Decke auf die Couch.

Patrick

Enttäuscht und verletzt drehte Patrick noch ein paar Runden, bevor er endgültig nach Hause fuhr. Natalies Zurückweisung hatte wirklich geschmerzt, zumal er sich sicher war, dass sie ebenfalls etwas für ihn empfand. Das war garantiert nicht nur einseitig. Doch er konnte sie nicht dazu zwingen. Wie hatte er sich nur so sicher sein können, dass sie die Situation schon in den Griff bekamen? Dazu gehörten beide, und sie schien es nicht zu wollen. Aber sie wollte den Abstand, dann sollte sie ihn auch bekommen.

E L F

Am Montag in der Praxis war nichts mehr wie vorher. Patrick hatte sich meinem Wunsch gebeugt und achtete sehr sorgfältig darauf, mich nicht zu berühren oder mir in irgendeiner Weise zu nahe zu kommen. Ansonsten war er freundlich wie immer, auch zu mir, doch alles ließ an der vorherigen Herzlichkeit fehlen. Eigentlich behandelte er mich sogar ziemlich kühl, was nicht einfach zu ertragen war. Doch ich hatte es nicht anders gewollt, also musste ich da wohl oder übel durch, auch wenn es schwer war.

Es tat weh, dass er mit jeder anderen Angestellten und auch den Patienten locker umging, nur mit mir nicht. Und mehr als ein Mal ertappte ich mich dabei, wie ich ihn sehnsüchtig beobachtete. Wenn sich unsere Blicke doch einmal begegneten, sah er sofort weg, so als hätte es nie etwas zwischen uns gegeben. Ich bemühte mich nach Kräften, mir nichts anmerken zu lassen. Aber es ging weiß Gott an die Substanz. Er sollte nicht wissen, dass ich unter meiner Entscheidung selbst fürchterlich litt. Erst nach gefühlten Jahren normalisierte sich alles soweit wieder, dass ich es ertragen konnte.

Patrick

Als Natalie so vehement gegen eine Beziehung gewesen war, fühlte sich Patrick arg getroffen. Schließlich hatte sie nicht geleugnet, dass es etwas zwischen ihnen gab, und so war er innerlich davon ausgegangen, dass aus ihnen über kurz oder lang eben doch ein Paar werden würde. Er war tief gekränkt und in der nächsten Woche hatte er nichts Besseres zu tun, als es sie spüren zu lassen. Zu seinem Leidwesen schien es ihm mehr auszumachen als ihr. Konnte man ihr sonst alles vom Gesicht ablesen, so trug sie nun ein Pokerface zur Schau, das ihn wahnsinnig machte.

Immer war er sich ihrer Anwesenheit voll bewusst, und das machte die Sache nicht besser. Also blieb ihm nichts anderes übrig, als zu versuchen, wieder Normalität in die Sache zu bringen. Doch er blieb weiterhin auf Abstand, weil es besser für ihn war. Hin und wieder meinte er, ihren Blick nur allzu deutlich auf sich zu spüren, doch wenn er aufsah, war da nichts, so, als wäre nie etwas zwischen ihnen gewesen. Er seufzte, wenn er daran dachte.

Vielleicht hätte das etwas Großes werden können, aber es lohnte nicht, weiter darüber nachzudenken. Auch wenn es viel Kraft kostete, er schaffte es nach fast zwei Wochen, sich seine Kränkung nicht mehr anmerken zu lassen.

Natalie

Einige Wochen zogen ins Land, in denen wir uns nur auf beruflicher Ebene begegneten, und es war mir ganz lieb so. Nur so war ich in der Lage, meine Gefühle tief in mir zu verschließen.

Mittlerweile hatte ich meinen Fernkurs begonnen und verbrachte viel Zeit mit Lernen. Abends war es zu dunkel zum Joggen, sodass ich nur noch einen ausgedehnten Spaziergang mit Flocki unternahm, wenn ich von der Arbeit nach Hause kam. Den Hund konnte ich nun nicht mehr lange bei Onkel Rudi lassen, denn zunehmend schwanden seine Kräfte, wie mir auch Dr. Grünhart bestätigen musste.

Eigentlich musste er das gar nicht, denn ich hatte selbst Augen im Kopf, doch Onkel Rudi hielt sich tapfer und schien doch noch nicht wirklich aufgegeben zu haben. Vielleicht mir zuliebe, weil er wusste, dass ich dann familientechnisch allein war. Doch um meinetwillen brauchte er nicht zu kämpfen, ich würde klar kommen, wenn ich erst einmal darüber hinweg war. Der Tod würde für ihn eine Erlösung bedeuten, das sah man deutlich.

Am liebsten hätte ich ihm gesagt, er solle loslassen, hätte genug gekämpft in seinem Leben, doch ich wusste nicht recht, wie ich die Sprache darauf bringen sollte. Vielleicht wollte er auch einfach nur bis zu seinem Geburtstag in vier Wochen durchhalten, um den Ärzten zu zeigen, dass er es doch bis dahin geschafft hatte. Manchmal war er nämlich ein genauso großer Sturkopf wie ich.

Jedes Mal, wenn ich ihn besucht hatte, war ich am Ende meiner Kräfte, denn ich wollte für ihn stark sein, sodass er das Gefühl bekam, loslassen zu können. Bisher hatte das leider nicht funktioniert und mehr als ein Mal saß ich später zu Hause und heulte um ihn. Diesen fortwährenden Kampf, nicht leben und nicht sterben können mitzuerleben, ging an meine Substanz. Wie lange würde es noch dauern, bis ich es nicht mehr aushalten konnte? Ganz zu schweigen von dem, was Onkel Rudi sich zumutete. Wie viel konnte er noch ertragen?

Es war Montag und ich besuchte ihn in der Mittagspause. Abends hatte es nun keinen Zweck mehr, denn er bekam starke Medikamente, damit er überhaupt schlafen konnte. Schnell hatte ich Flocki geholt und war zu ihm gefahren, mit dem Auto. Ich glaube, ich war noch nie so viel Auto gefahren, wie in dieser Zeit. Aber mit dem Rad hätte ich nur wertvolle Zeit verschwendet, Zeit, die ich lieber ihm widmen wollte.

Leise schloss ich die Tür auf und hörte sogleich anhand des Fernsehers, wo er sich aufhielt. Er saß in seinem Schaukelstuhl und döste vor sich hin.

„Hallo Onkel Rudi", begrüßte ich ihn. Ein Lächeln breitete sich auf seinen eingefallenen Zügen aus, als er meine Stimme hörte. Rasch ging ich zu ihm und nahm ihn liebevoll in den Arm. Erschreckend, wie dünn er geworden war. Der einst kräftige und große Mann war nur noch ein Schatten seiner selbst. Es tat so weh und ich hätte gern geheult, doch ich wollte mir in seiner Gegenwart keine Schwäche erlauben, um es ihm nicht noch schwerer zu machen.

„Wie geht es dir heute? Schau mal, wen ich dir mitgebracht habe."

Flocki sprang an seinen Beinen hoch und wollte gestreichelt werden, was sein Herrchen liebend gern tat. Ja, für mich war er immer noch irgendwie sein Herr, auch wenn der Hund bei mir lebte.

„Jetzt ist es aber gut", meinte Onkel Rudi bald und lehnte sich erschöpft zurück. Selbst diese kleine Anstrengung war zu viel. „Setz dich, mein Kind. Ich muss etwas mit dir besprechen." Ich tat wie mir geheißen, aber ein mulmiges Gefühl breitete sich in meinem Bauch aus. Was kam jetzt?

„Mach nicht so ein ängstliches Gesicht", meinte er lächelnd, als ich mich auf die Sofakante setzte. „Für mich ist bald alles gut. Ich will dir nur erklären, wo du alle Unterlagen findest. Mein Testament, die Police der Lebensversicherung, in der du schon lange eingetragen bist. Außerdem habe ich auch meine Beerdigung geregelt. Du brauchst nur die Nummer anrufen, die ich dir aufgeschrieben habe, dann läuft alles seinen Weg."

Ich blinzelte fassungslos, wusste nicht, was ich sagen sollte.

„Bald wird mich der Herrgott erlösen. Letzte Nacht habe ich von meiner Frau und meinem Kind geträumt und bald werde ich sie wiedersehen. Sie haben es mir gesagt. Wenn ich weiß, dass alles in meinem Sinne geregelt ist und auch für dich und Flocki gesorgt ist, kann ich loslassen und gehen."

Tränen traten in meine Augen und ich senkte den Blick, um ihm nicht zu zeigen, wie traurig mich alles machte.

„Nicht weinen, mein Kind", sagte er leise. „Der Tod ist für mich eine Erlösung. Ich kann nicht mehr kämpfen."

„Onkel Rudi", meine Stimme brach und ich schniefte auf. Doch tapfer zwang ich meine Tränen zurück. Wenn ich jetzt weinte, würde ich nicht wieder aufhören. „Dann lass los. Ich komme schon zurecht, und es würde mich freuen, wenn du nicht länger leiden musst."

Nun stand ich auf und nahm ihn fest in den Arm. Ich hörte seinen schweren Atem und wusste mit einem Mal, dass es wirklich nicht mehr lange dauern würde. Auch er hielt mich ganz fest. Ob er ebenfalls heiße Tränen vergoss wie ich, vermochte ich nicht zu sagen. Lange saßen wir so da, bis schließlich der Pflegedienst kam und ich gehen musste, weil meine Pause vorbei war.

„Mach's gut, Onkel Rudi", verabschiedete ich mich leise. „Mittwoch komme ich wieder, versprochen. Ich habe dich so lieb. Ich habe dich immer geliebt wie einen Vater." Wieder musste ich aufpassen, dass ich nicht in Tränen ausbrach.

„Nicht mehr weinen. Das ist das Schönste, das du mir sagen konntest, mein Mädchen. Ich möchte sehen, dass du lächelst, wenn du nun gehst. Ich habe dein Lächeln schon immer geliebt. Natalie, ich habe dich auch sehr lieb."

Und wirklich, ich schaffte es, ihm ein strahlendes Lächeln ohne Tränen zu schenken, das von Herzen erwidert wurde. Auch der Hund verabschiedete sich, wollte aber nicht wirklich gern das Haus verlassen. Er spürte, dass das Ende nahe war, so nahm ich an, ebenso, wie mancher Mensch und ich war froh, heute bei Onkel Rudi gewesen zu sein. Das heute hatte sich wie ein Abschied auf immer angehört und angefühlt.

Erst im Auto ließ ich meinen Tränen freien Lauf, nun musste ich nicht mehr stark für ihn sein. Nach einer Weile blickte ich auf die Uhr und stellte mit Erschrecken fest, dass ich in fünf Minuten wieder am Arbeitsplatz sein musste. Mist, das schaffte ich nie. Der Hund musste nach Hause und ich dann noch einmal zurück. Nach einem Blick in den Spiegel stellte ich fest, dass ich verboten aussah. So konnte ich doch keine Patienten in Empfang nehmen.

Ich putzte mir die Nase und trocknete die Augen, bevor ich losfuhr. Unterwegs rief ich in der Praxis an, um Bescheid zu sagen, dass ich mich ein wenig verspäten würde. Zu Hause angekommen, kühlte ich als erstes meine brennenden verquollenen Augen. Viel war da nicht zu machen, aber ein wenig half es.

Dafür wollte Flocki mich nicht gehen lassen und weil er im Garten zu viel Theater machte, musste ich ihn im Haus einsperren, was ich gar nicht gern tat, denn er war viel lieber draußen. Der Hund trauerte jetzt schon um sein Herrchen, und ich bekam es mit der Angst zu tun. Doch ich musste wieder zur Arbeit, wenn ich keinen Ärger riskieren wollte.

„Mensch Natalie, du bist ja verdammt spät", schimpfte Katja, als ich endlich ankam. "Wo bist du denn gewesen? Herr Schütz hat schon nach dir gefragt."

„Tut mir leid. Es kommt nicht wieder vor. Ich war noch bei Onkel Rudi ..." Mehr konnte ich nicht sagen, meine Stimme brach, und ich schlug die Hände vors Gesicht, um nicht wieder zu weinen. So langsam musste ich doch wirklich alle Tränen geweint haben.

„Mensch Katja", meinte Hilla. „Du weißt doch, wie es um ihn steht. Für morgen früh steht dort übrigens ein Hausbesuch an. Vielleicht magst du meinen Platz einnehmen? Das gibt dir die Gelegenheit einmal öfter dort zu sein." Mitfühlend legte sie mir einen Arm um die Schultern und beachtete Katja nicht weiter.

„Wenn Herr Schütz das mitmacht?", zweifelnd sah ich sie an. Hatte sie diese Eiseskälte zwischen uns nicht mitbekommen? War ihr nicht aufgefallen, dass Patrick mit mir nicht redete?

„Geh hin und frag", forderte sie mich auf. „Mehr als nein sagen kann er doch nicht."

„Danke Hilla. Du hast was gut bei mir."

„Da nicht für. Ich wollte dich sowieso fragen, ob du einspringst. Und so haben wir beide etwas davon. Da kommt er übrigens. Geh am besten sofort hin."

Wirklich, Patrick verabschiedete gerade einen Patienten, und ich nahm meinen ganzen Mut zusammen und ging hinüber, bevor er ins nächste Sprechzimmer gehen konnte.

„Herr Schütz?", sprach ich ihn leise an.

„Natalie. Wie nett, dass Sie uns auch noch mit Ihrer Anwesenheit beehren." Sarkasmus schwang in seiner Stimme mit, und ich senkte den Kopf und atmete tief durch. Ahnte er überhaupt, wie viel es mich kostete, ihn anzusprechen?

„Es tut mir leid, ich hatte etwas zu erledigen, das wider Erwarten ein wenig länger gedauert hat als geplant. Kommt nicht wieder vor." Ihm wollte ich nichts von Onkel Rudi erzählen und doch musste ich ihn bitten, mich zu seinem Hausbesuch morgen mitzunehmen.

„Gibt es noch etwas?", fragte er ein wenig ungehalten.

„Ja." Nun sah ich ihm ins Gesicht.

„Ich würde gern morgen früh bei Ihren Hausbesuchen mitfahren, wenn es möglich ist." Ich biss mir auf die Lippe, weil ich mit einer Ablehnung rechnete, aber ich musste es einfach versuchen.

Überrascht sah er mich an. „Du willst mit mir im selben Auto fahren?", fragte er dann so leise, dass es niemand außer mir hören konnte. „Keine Angst, dass ich dir zu nahe komme?"

Kurz schloss ich die Augen und seufzte. Das hatte ich wohl verdient. Dann sah ich ihm in die Augen. „Nein."

„Also gut. Wenn dir so viel daran liegt, dass du über deinen Schatten springst. Sonst alles in Ordnung?" Forschend blickte er mir ins Gesicht und ich verfluchte mich, dass ich kein Make-up aufgetragen hatte.

„Alles okay." Ich presste die Lippen fest aufeinander und las die Zweifel in seinen Augen. Diesen unbeschreiblichen Augen. Ich rief mich wieder zur Vernunft, bevor ich irgendeinem dummen Impuls nachgab, und mich in seine Arme warf.

„Gut. Morgen früh sind nur zwei Patienten dran. Da ich Mittwochnachmittag keine Zeit habe, habe ich die Termine vorgezogen. Also sei früh da, sonst fahre ich ohne dich."

„Ist gut." Dann wandte ich mich um und ging ohne ein weiteres Wort zu meinem Platz zurück, während Patrick mir kopfschüttelnd nachsah. Wieso war er von seinem Schema abgewichen und hatte mich in der Praxis geduzt? Das hatte er doch noch nie gemacht. Leise Hoffnung keimte in mir auf, dass er mir doch verziehen hatte.

In der Nacht wälzte ich mich unruhig hin und her. Zum einen, weil ich mir Sorgen machte und mich fragte, was mich am Morgen bei Onkel Rudi erwarten würde, und zum anderen hörte der Hund einfach nicht auf zu winseln. Das war erschreckend.

Trotzdem ich mir die Decke über den Kopf zog, war an Schlaf nicht zu denken. Mein Gehirn arbeitete auf Hochtouren, es war mir nicht möglich abzuschalten. Doch irgendwann holte sich mein

Körper, was er brauchte, denn ich erwachte kurze Zeit später von meinem Wecker.

Natürlich war es nur gefühlt kurze Zeit später, ich stand wie gerädert auf und ging unter die Dusche, was meine Lebensgeister nur bedingt weckte. Regenwolken waren über Nacht aufgezogen und hingen schwer am Himmel. Der Wind wirbelte bunte Blätter über den Boden. Da kam heute noch einiges auf uns zu, vielleicht der erste Herbststurm. Aber das Wetter passte zu meiner Stimmung. Ich würgte einen Toast und eine Tasse Kaffee runter und machte mich für die Arbeit fertig.

Der Hund war inzwischen ruhig und blickte mich aus seinen Augen traurig an. Seinen Napf hatte er nicht angerührt. Komisch. Er machte keinerlei Anstalten nach draußen zu wollen, ich musste ihn praktisch tragen. Jetzt breitete sich Angst in mir aus und ich sah zu, dass ich zur Praxis kam, obwohl es mir davor graute, mit Patrick allein zu sein.

Ich wusste, dass ich vollkommen übernächtigt wirkte, doch er verlor kein Wort darüber, als wir losfuhren, und ich war dankbar dafür. Er musste nicht wissen, was mit mir los war. In dieser Beziehung konnte ich ganz schön stur sein. Eine meiner schlechten Eigenschaften war eben mein Dickschädel.

Auf der Fahrt zur ersten Patientin sprachen wir kaum und auch während der Behandlung nur das Nötigste. Dass ich immer unruhiger wurde, je mehr wir uns Onkel Rudis Haus näherten, registrierte Patrick mit hochgezogenen Augenbrauen. Schließlich waren wir da. Mittlerweile hatte sich in meinem Hals ein geradezu riesiger Kloß breitgemacht, und ich glaubte, dass ich nicht imstande gewesen wäre, etwas von mir zu geben.

ZWÖLF

Ich atmete tief durch und folgte Patrick zur Haustür. Er hatte nicht auf mich gewartet und klingelte bereits zum wiederholten Mal.

„Seltsam, warum macht Herr Bergmann denn nicht auf?", wunderte ich mich. „Er weiß doch, dass wir heute Morgen kommen wollten."

„Vielleicht ist er wieder eingeschlafen und hört die Klingel nicht", vermutete Patrick. „Ich habe hier schon des Öfteren vor der verschlossenen Tür gestanden. Hast du wenigstens den Schlüssel dabei?"

Vor einigen Wochen hatte Herr Bergmann, für mich Onkel Rudi, uns einen Schlüssel für seine Wohnung gegeben, da er seine Hörgeräte herausnahm, wenn er sich ausruhen wollte, was in letzter Zeit leider fast nur noch der Fall war.

„Ja", antwortete ich also und suchte ihn heraus. Bereits als ich ihn ins Schloss steckte, beschlich mich ein ungutes Gefühl, eine Vorahnung, wenn man so will, und liebend gern wäre ich kein Stück weiter in die Wohnung gegangen. Der gestrige

Abschied, das Winseln des Hundes in der Nacht, meine eigene Unruhe, alles ergab einen Sinn. Doch ich wollte mir vor Patrick keine Blöße geben und trat hinter ihm ein.

Es war totenstill und zum ersten Mal bereute ich wirklich zutiefst, dass ich dem Wunsch von Onkel Rudi entsprochen und seinen Hund zu mir genommen hatte. Aber wie hätte ich diesem geliebten und schwer kranken Mann seinen Wunsch abschlagen können? Er wusste, wie es um ihn stand, und da wollte er seinen Liebling gut versorgt wissen, was durchaus verständlich war.

Wir fanden ihn in seinem Bett. Ganz friedlich lag er da, als würde er tief und fest schlafen, doch ich wusste sofort, dass dem nicht so war und schluckte hart, um die aufsteigenden Tränen zu unterdrücken. Nun hatte er seinen Frieden gefunden, wie ich hoffte. Der Tod hatte die Schmerzen aus seinem Gesicht gelöscht. Selten hatte ich ihn in letzter Zeit so gelöst gesehen.

Patrick wusste nach wie vor nichts über Onkel Rudi und unser Verhältnis zueinander. Und auch er nahm wahr, was ich gesehen hatte. Nachdem er den alten Mann untersucht hatte, sagte er leise: „Hier können wir nicht mehr helfen, Natalie. Er ist friedlich eingeschlafen, das Beste, was ihm passieren konnte. Ich leite alles Nötige in die Wege."

Benommen nickte ich und ließ mich neben dem Bett auf die Knie sinken. Was Patrick von mir dachte, war mir egal, ebenso, ob er mitbekam, was ich tat. Ich musste mich einfach jetzt von ihm verabschieden, wo er noch zu Hause war. Zärtlich strich ich ihm eine Haarsträhne aus dem Gesicht und nahm seine Hand. Sie fühlte sich kühl an und machte mir erst richtig bewusst, dass da vor mir nur noch die sterbliche Hülle dieses wunderbaren Menschen lag, der er gewesen war.

Nie wieder würde ich sein Lächeln sehen oder in diese klugen braunen Augen blicken. Dass er nun offensichtlich im Schlaf gestorben war, war eine Gnade für ihn gewesen. Der Krebs hatte ihn langsam aber sicher, auf nicht gerade gnädige Art und Weise, umgebracht. Wie gut, dass wir uns gestern voneinander verabschiedet hatten. Er hatte also wirklich gewusst oder geahnt, dass er bald sterben würde.

Sanft küsste ich seine Stirn und ließ seine Hand los, nachdem ich sie auf das Bett zurückgelegt hatte.

„Auf Wiedersehen, Onkel Rudi", flüsterte ich und blinzelte meine Tränen fort. Ich wusste, wenn ich nun weinen würde, würde ich erst einmal nicht wieder aufhören. Stattdessen machte ich mich auf die Suche nach Patrick und fand ihn telefonierend in der Küche. Für mich gab es erst einmal nichts zu tun, und so wanderte ich durch die Wohnung und den kleinen Garten, bis Patrick mich schließlich rief.

Zwei Anrufe tätigte ich selbst in der Zeit, wie Onkel Rudi es gewollt hatte. Die Rufnummern lagen gut sichtbar auf dem Nachttischschränkchen. Zum einen informierte ich seinen Pastor, und zum anderen den Bestattungsunternehmer, der sich um alles Weitere kümmern würde.

Auf der Fahrt zurück zur Praxis, schwieg ich bedrückt, immer darum bemüht, mir nichts anmerken zu lassen. Der Kloß in meinem Hals drohte mich zu ersticken und die Tränen lauerten immer dicht unter der Oberfläche, bereit, sich ihren Weg zu bahnen, sobald ich es zuließ. Es war so anstrengend, mir nicht in die Karten blicken zu lassen. Hin und wieder fühlte ich Patricks Blick auf mir ruhen und schließlich brach er das Schweigen: „Dein erster Toter?"

„Nein", gab ich kurz angebunden zurück. Aber jemand, der mir sehr am Herzen lag, fügte ich in Gedanken hinzu und drehte das Gesicht zum Fenster, um jegliche Unterhaltung im Keim zu ersticken. Erst einmal ließ er mich in Ruhe, obwohl er nichts über die besondere Beziehung von Herrn Bergmann und mir wusste. Doch ich war dankbar dafür. Ich sehnte mich danach, mich zu verkriechen und in Ruhe um ihn weinen zu können. Doch ich musste bis zum Mittag durchhalten, dann würde ich mir ein ruhiges Plätzchen ganz für mich suchen.

Aber so lange hielt ich nicht mehr durch. Auch wenn ich in letzter Zeit und am Vortag schon bitterlich um ihn geweint hatte, so traten mir immer öfter die Tränen in die Augen, wenn ich an ihn dachte. Ich schaffte es einfach nicht, jeden Gedanken an ihn zu unterdrücken. Schließlich entschuldigte ich mich bei Hilla und ging durch die Tür mit der Aufschrift „Personal", wo ich mich an den Tisch setzte, den Kopf in den Armen vergrub und meinem Kummer freien Lauf ließ.

Es war gegen Viertel vor zwölf, und die offizielle Sprechstundenzeit war fast vorüber. Den Rest schafften die Kolleginnen auch ohne mich, und heute Nachmittag war ich mit Sicherheit wieder fähig zu funktionieren. Hilla wusste Bescheid und klärte die anderen auf, sodass es mir mit Sicherheit niemand übel nahm, dass ich einen Moment für mich brauchte.

Irgendwann hörte ich, wie die Tür hinter mir geöffnet und wieder geschlossen wurde. Als sich Schritte näherten, versteifte ich mich unwillkürlich. Eine Hand legte sich auf meine Schulter und jemand sagte mit leiser Stimme: „Wenn dich der Tod eines Patienten dermaßen aufwühlt, hast du vielleicht den falschen Beruf gewählt."

Schockiert hob ich den Kopf und sah mit tränennassem Gesicht zu Patrick auf. Es dauerte einen Moment, bevor ich in der Lage war zu antworten.

„Es geht hier nicht um irgendeinen Patienten, sondern um einen ganz bestimmten", brachte ich schließlich heraus. Unaufhaltsam strömten die

Tränen meine Wangen hinunter. Mit einem Mal wollte ich ihm erzählen, warum ich so traurig war.

„Onkel Rudi war das letzte verbliebende Mitglied meiner Familie", erklärte ich mit brüchiger Stimme.

„Onkel Rudi?", fragte er schockiert nach.

„Ja. Wir waren zwar nicht wirklich verwandt, doch ich habe ihn mein ganzes Leben gekannt und geliebt. Als ich klein war, haben wir jahrelang neben ihm gewohnt, und später habe ich ihn, so oft es eben ging, besucht. Ganz besonders nach dem Tod meiner Eltern. In seinem Garten bin ich auf Bäume geklettert, auf seinem Pony habe ich reiten gelernt." Ich unterbrach mich kurz, um mir die Nase zu putzen und erfolglos Tränen abzuwischen. „Er war immer für mich da, und nun gibt es niemanden mehr außer mir. Ich wusste, dass er krank war und sterben würde und ich weiß auch, dass dieser Tod eine Gnade war, aber trotzdem habe ich das Recht traurig zu sein und um ihn zu weinen. Er war so ein großartiger Mensch. Diese Scheiß Krankheit hatte er nicht verdient." Erneut vergrub ich meinen Kopf in den Armen und hoffte, dass er einfach wieder gehen würde.

Patrick

Betroffen schwieg Patrick. Die Zusammenhänge hatte er nicht einmal im Entferntesten geahnt. Als er Natalies Fehlen bemerkt hatte, war er ungehalten gewesen, weil sie sich so einfach von ihrem Arbeitsplatz entfernt hatte, besonders nachdem sie schon am Vortag zu spät aus ihrer Pause gekommen war.

Hilla hatte nur erklärt, dass sie einen Moment Ruhe bräuchte. Doch nun konnte er ihren Kummer durchaus nachvollziehen. Wie mochte es sein, keine näheren Verwandten zu haben, ganz allein dazustehen? Er selbst hatte beide Elternteile noch und nebenbei drei Geschwister. Bei ihnen war früher immer etwas los gewesen und auch heute wurde es nie langweilig, wenn alle zusammen kamen. Ihren Schmerz konnte er kaum ertragen. Sollte er gehen oder doch lieber Trost spenden?

Sein Mitgefühl verbat ihm, einfach das Weite zu suchen, und sein Herz krampfte sich vor Mitleid zusammen. Kam er damit zurecht, wenn er sie nun in den Arm nahm? Würde er sich im Griff haben? Denn trotz allem, die Anziehungskraft zwischen ihnen schien ungebrochen. Das hatte er vorhin im Auto schon verspürt.

Natalie

Erneut landete ich in seinen Armen und ließ mich trösten. Wie ich dorthin gekommen war, wusste ich nicht. Doch in aller Ruhe weinen konnte ich nun nicht mehr, denn er lenkte mich viel zu sehr davon ab. Überdeutlich wurde mir bewusst, wie gut es sich anfühlte, seine Arme um mich zu spüren, und sein Duft war beruhigend und erregend zugleich. Seine sanft streichelnden Hände jagten einen wohligen Schauer über meinen Rücken und ich seufzte leise auf. Seine weiche dunkle Stimme murmelte beruhigende Worte und mein Tränenstrom versiegte. Als er es bemerkte, ließ er mich leider los und trat einen Schritt zurück.

„Besser?", fragte er und drehte sich auf der Suche nach etwas um. Natürlich konnte er mein Nicken nicht sehen und zum Glück auch nicht, dass ich tomatenrot angelaufen war. Warum musste ich in seiner Gegenwart ständig heulen? Das war nicht zum Aushalten. Und peinlich war es obendrein. Beschämt vergrub ich mein Gesicht in den Händen, versuchte, mich praktisch unsichtbar zu machen, und ließ mich wieder auf den Stuhl zurücksinken.

„Hier", meinte er und hielt mir eine Tasse hin. „Trink einen Schluck und mach Mittag. Es wäre schön, wenn du heute Nachmittag wieder einsatzfähig wärst."

Bildete ich es mir ein, oder war er tatsächlich auch ein wenig verlegen? Aber angeschlagen, wie ich war, musste ich mich wohl täuschen. Dankbar nahm ich die Tasse entgegen und trank etwas, während ich ihn über den Rand musterte. „Danke", flüsterte ich schließlich.

Abrupt nickte er und verließ den Raum. Kopfschüttelnd blickte ich ihm nach. Was war das denn gerade gewesen? Erst tröstete er mich, um dann mal wieder das Weite zu suchen. Mensch Patrick, wenn du nicht mein Chef wärst ...!

Und genau darin lag das Problem. Ich wusste jetzt mit Sicherheit, dass ich mich in ihn verliebt hatte, schon bei unserer ersten Begegnung. Dass wir schon des Öfteren geknutscht hatten, machte die Sache auch nicht besser, denn nun wusste ich, was mir entging. Doch er hatte es immerhin geschafft, mich ein wenig von meinem Kummer abzulenken, und ich konnte wieder klarer denken.

Soweit mir bekannt war, hatte Onkel Rudi keine Familie gehabt, also würde ich mich um seine Beerdigung kümmern. Aber dafür, dass ich nicht viel damit zu tun hatte, hatte er gesorgt, wie er mir erst gestern gesagt hatte. Seine Wohnung beziehungsweise sein Haus musste irgendwann aufgelöst werden, wenn ich die Kraft dazu fand, und Flocki würde bestimmt noch mehr leiden.

Wenn die Blätter kommen und wenn sie gehen, sterben die meisten Leute, hatte ich mal irgendwo gehört. Nun, die Blätter waren gefallen, es war Herbst und Onkel Rudi war gegangen und hatte hoffentlich seinen Frieden gefunden. Vielleicht war nun sein Wunsch in Erfüllung gegangen, dass er seine geliebte Frau Trudi und seine Tochter Annika wiedersah. Ich brach zu einem langen Spaziergang auf, obwohl leichter Nieselregen eingesetzt hatte. Wie passend. Aber ich musste den Kopf endlich wieder frei bekommen.

Patrick

Verflixt und zugenäht! Patrick schlug mit der Faust gegen den Fensterrahmen, während er beobachtete, wie Natalie sich rasch entfernte. Warum musste sie nur so anziehend sein? Bis heute hatte er es geschafft, ihr aus dem Weg zu gehen, nie nahe an sie heranzukommen, und nun war er doch wieder schwach geworden. Sie in den Armen zu halten war alles, woran er gerade denken konnte, und das war gar nicht gut.

Ihr Kummer über den Verstorbenen hatte tief in ihm etwas berührt, und er konnte nicht mehr leugnen, dass er Gefühle für sie hegte. Aber verdammt, sie war seine Angestellte. Er konnte nicht so einfach etwas mit ihr anfangen, da hatte sie recht. Was passierte, wenn es nicht gut ging? Dann würde sie sich gezwungen sehen, eine neue Stelle zu suchen, soweit kannte er sie mittlerweile. Auch als Angestellte wollte er sie nicht verlieren. Sie hatte einfach ein gutes Händchen für die Patienten, egal, ob jung oder alt, sie fand für jeden die richtigen Worte, blieb immer herzlich und professionell. Gerade deswegen hatte es ihn überrascht, dass sie so offensichtlich um einen Patienten weinen würde. Wer hätte denn ahnen können, dass er so etwas wie ihr Opa gewesen war?

Sein älterer Kollege war unbemerkt neben ihn getreten und riss ihn aus seinen Gedanken. „Oh, Natalie geht schon?", fragte er nebenbei.

„Ja. Ich habe sie zum Mittag geschickt. Wir haben heute Herrn Bergmann verloren", fügte er erklärend hinzu.

„Sie muss sehr aufgewühlt gewesen sein", meinte Dr. Grünhart. „Er war wie ein Großvater für sie. Und mir wird er auch fehlen, er war ein guter Freund."

„War sie. Anscheinend wusste wohl jeder über die Beziehung zwischen den beiden Bescheid, nur ich nicht." Das klang ein wenig bitter, und überrascht sah Dr. Grünhart seinen jüngeren Kollegen an. Lief da etwas zwischen den beiden? Er mochte Natalie sehr gern, fast wie eine eigene Tochter. Doch er beschloss, sich nicht einzumischen und den Dingen ihren Lauf zu lassen. Die beiden waren alt genug und würden schon wissen, was sie taten. Außerdem würden sie tatsächlich ein schönes Paar abgeben. Dr. Grünhart schmunzelte, doch Patrick war wieder in Gedanken versunken, und bekam davon nichts mit. „Kommen Sie, wir machen auch Mittag, es ist kein Patient mehr da. Vielleicht erzähle ich Ihnen ein wenig von Natalie."

„Ich will gar nichts wissen." Das klang sehr trotzig, eher wie ein Kind, als ein erwachsener Mann, und Patrick stimmte in das Lachen von Dr. Grünhart ein. Er wollte eben nicht zugeben, wie viel er für Natalie übrig hatte.

Natalie

Die Beerdigung fand samstags im kleinsten Kreis statt. Onkel Rudi hatte dem Bestatter vor seinem Tod eine Liste derjenigen zukommen lassen, die er gern dabei haben wollte, und so stellte sich heraus, dass er wirklich keine lebenden Angehörigen mehr hatte, dafür aber einige gute Freunde.

Meine besten Freundinnen Steffi und Yvonne begleiteten mich als seelische Stütze, wofür ich ihnen wirklich dankbar war.

Der Pastor, der Onkel Rudi viele Jahre selbst gekannt hatte, hielt eine wirklich ergreifende Rede, und ich konnte beim besten Willen nicht verhindern, dass mir fortwährend die Tränen übers Gesicht liefen. Selbst Steffi und Yvonne bekamen feuchte Augen, obwohl sie ihm nicht so nahe gestanden hatten wie ich.

Als wir die Kapelle verließen, meinte ich, Patrick unter den Trauergästen gesehen zu haben, doch ganz sicher war ich mir nicht und viel zu sehr mit meinem Kummer beschäftigt, um nach ihm Ausschau zu halten. Ich hatte Angst, dass ich am offenen Grab vielleicht zusammenbrechen könnte, doch ich brachte mehr Kraft auf, als erwartet. Ich warf meine Rose in das dunkle Loch und blieb wie erstarrt stehen, bis meine Freundinnen mich weiterzogen.

Ich war froh, den Friedhof verlassen und den forschenden Blicken, die ich mir bestimmt nur einbildete, entkommen zu können. Ich wollte nicht den dumpfen Klang der Erde, die auf den Sarg traf, vernehmen. Diesen endgültigen Laut, der mir sofort klar gemacht hätte, dass alles vorbei war, der alles mit einem Schlag real gemacht hätte.

Der Leichenschmaus war für mich schon immer ein Ritual gewesen, mit dem ich nicht umgehen konnte. Aus Anstand und weil es von mir erwartet wurde, setzte ich mich an die Kaffeetafel, trank eine Tasse Kaffee und würgte ein Stück Kuchen hinunter. Damit war ich bedient. Sobald wie möglich verabschiedete ich mich, denn Beerdigungen waren einfach nicht meins. Meine Trauer mochte ich nicht vor anderen zur Schau tragen und war lieber allein.

Yvonne und Steffi waren bereits gegangen, und ich wollte noch einmal allein zum Friedhof, um in Ruhe Abschied zu nehmen. Von der „alten" Clique hatte sich seit der Trennung von Fabian keiner mehr gemeldet. So viel zum Thema Freundschaft. Aber wer wusste schon, was er ihnen erzählt hatte. Es war schade, dass sich niemand für meine Version der Geschichte zu interessieren schien. Selbst Fabian hatte jetzt nach dem Tod von Onkel Rudi nichts von sich hören lassen, dabei hätte ich es von ihm erwartet. Er war wohl zu sehr mit seiner neuen Liebe beschäftigt, als dass er über die Gefühle seiner alten nachdenken konnte. Freunde würden wir wohl nicht bleiben und uns irgendwann nach der Scheidung gänzlich aus den Augen verlieren.

Es war einfach der Tag um über Vergangenes, Verluste und auch über Neues nachzudenken. Mein Leben war in den letzten Monaten total aus den Angeln gehoben worden, nichts war mehr wie zuvor. Bekanntschaften kamen und gingen, und ich war ein wenig überrascht, aber auch erfreut, dass ein paar aus meinem Tennisteam zur Beerdigung gekommen waren, während diejenigen, von denen ich es erwartet hätte, durch Abwesenheit geglänzt hatten.

DREIZEHN

Rasch ging ich nach Hause und holte Flocki, um noch einmal auf den Friedhof zu gehen, der nur zwei Kilometer von zu Hause entfernt war. „Flocki, nun sind wir wirklich allein", flüsterte ich dem Hund unterwegs zu. Heute hatte er zum ersten Mal wieder gefressen und sich auf den Spaziergang gefreut.

Jetzt gegen Abend war es ruhig auf dem Friedhof und gedankenverloren stand ich eine Weile am Grab, gedachte der schönen Zeiten mit Onkel Rudi, bevor ich mich auf den Heimweg machte. Es wurde kühl, und ich zog die dünne Jacke enger um mich, um nicht zu frieren. Der Tag war sonnig gewesen, aber für einen Abendspaziergang hatte ich eindeutig die falsche Kleidung gewählt.

Trotzdem, am Waldrand stand eine Bank, und ich setzte mich auf die Lehne, um den Sonnenuntergang anzuschauen, der heute wunderschön war. Leider hatten Vögel auf der Sitzfläche der Bank so viel Kot hinterlassen, dass nur die Lehne ein sauberes Plätzchen für mich bot. Doch dort zu sitzen erinnerte mich an meine glücklicheren Jugendzeiten, und ich genoss es einfach, während ich in das Abendrot starrte. Stille legte sich über den ausklingenden Tag, nur die Geräusche des Waldes waren zu hören.

„Schau, die Engelchen backen bereits." Ich lachte leise, als ich Onkel Rudis Stimme vernahm. Wie oft hatte ich diesen Spruch als Kind von ihm zu hören bekommen. Immer kurz vor Weihnachten, bei jedem besonders schönen Abendrot. Es war, als würde er neben mir sitzen und den Frieden des Abends genießen.

Als sich aus der Dunkelheit eine Gestalt löste und auf mich zu kam, sprang Flocki auf und knurrte verhalten, bevor er sich schwanzwedelnd, aber nicht minder aufmerksam wieder neben die Bank legte. Überrascht sah ich auf, als Patrick sich ohne ein Wort neben mich auf die Lehne setzte und ebenfalls in den Himmel sah, der in unvergleichlichen Farben leuchtete.

Nach einer Weile sah er zu mir hinüber und meinte: „Ich wäre mit zur Beerdigung gegangen, wenn du etwas gesagt hättest."

Ich schenkte ihm daraufhin ein echtes kleines Lächeln, bevor ich antwortete. „Ich weiß." Dann versanken wir wieder in Schweigen, bis ich schließlich seufzend feststellte: „Es funktioniert nicht, oder?" Zum ersten Mal, seit ich ihn kannte, wurde ich nicht von einer Gefühlswelle überrollt. Es war einfach nur schön, dass er da war.

Er gab gar nicht erst vor, nicht zu verstehen, was ich meinte, sondern schüttelte lächelnd den Kopf. „Wohl eher nicht." Es war uns einfach nicht möglich, Abstand zu halten.

Wie selbstverständlich nahm er meine Hand, und ich ließ es geschehen. Wir saßen nur so da, Hand in Hand, schweigend, während das letzte Licht des Tages erlosch und der Dunkelheit Platz machte. Ich froh über seine Gesellschaft.

„Dir ist kalt", stellte er schließlich fest. Und wirklich, ich zitterte und hatte es nicht einmal bemerkt. Erst jetzt, wo er es erwähnte, fühlte ich die Kälte. „Ich bringe dich heim. Es ist schon dunkel und mir wäre es lieb, wenn du trotz Hund nicht allein nach Hause gehen würdest."

„Okay." Doch ich musste lächeln, als ich aufstand und von der Bank sprang. Er folgte mir, ohne meine Hand loszulassen. Amüsiert sah ich ihn an. „Was meinst du denn, was mir passieren sollte?", wollte ich wissen.

„Keine Ahnung. Aber du bist eine attraktive Frau, da könnten zwielichtige Gestalten schon mal auf dumme Gedanken kommen." Damit überraschte er mich dermaßen, dass ich verstummte. Wieder liefen wir schweigend nebeneinander her. Allein durch seine Anwesenheit fühlte ich mich um vieles besser als zuvor, aber ich war erleichtert, dass er keinen weiteren Annäherungsversuch unternahm, weil ich mir selbst nicht traute. Dieses Mal würde ich vielleicht nicht nein sagen können.

„Wir können uns nicht ständig aus dem Weg gehen." Kurz bevor wir mein Haus erreichten, brach er das Schweigen. Vielleicht war es gut so, denn es gab noch einigen Klärungsbedarf.

„Ich weiß", stimmte ich ihm zu.

„Warum du letztens so reagiert hast, kann ich mittlerweile nachvollziehen", fuhr er fort. „Ich habe lange darüber nachgedacht und glaube, dass du recht hast. Wir können nicht einfach etwas miteinander anfangen. Aber vielleicht könnten wir wenigstens Freunde sein und uns normal benehmen."

Wie auch immer normal aussah. Es war eigentlich genau das, was ich wollte und was vernünftig war, doch es versetzte mir dennoch einen Stich. Ein wehmütiges Lächeln lag auf meinem Gesicht, als ich antwortete. „Wir können es wenigstens versuchen. Ich mag dich sehr und der Umgang der letzten Wochen, den wir miteinander hatten, war alles andere als schön."

Oh ja, mögen war gar kein Ausdruck, aber wie konnte ich ihm jetzt noch sagen, dass ich ihn liebte? Mein Herz tat weh.

„Es tut mir leid, aber ein wenig hattest du meinen Stolz schon verletzt." Seine Mundwinkel verzogen sich zu einem leichten Lächeln.

„Das wollte ich nicht."

„Mach nicht solch ein unglückliches Gesicht. Ich habe es ja überlebt. Also Freunde?"

„Freunde", bestätigte ich leise, obwohl ich damit nicht wirklich zufrieden war.

Gemeinsam betraten wir meinen Garten durch das hintere Gartentor, und er begleitete mich zur Haustür. Als ich zufällig einen Blick zur Straße warf, musste ich ein zweites Mal hinschauen und wandte mich dann überrascht an Patrick.

„Dein Auto steht vor der Tür."

Verlegen grinsend fuhr er sich durchs Haar. „Ja, irgendwie musste ich doch hierher kommen. Ich bin trotzdem zur Beisetzung gekommen und wollte später sehen, wie es dir geht. Du hast so verloren und traurig ausgesehen, da musste ich einfach kommen und sehen, wie es dir geht."

„Ich weiß nicht, was ich sagen soll", entgegnete ich leise. Mir war das Blut mal wieder in die Wangen geschossen und Tränen der Rührung in die Augen getreten.

„Nicht wieder weinen", murmelte er und nahm mich einfach in den Arm. Ich weiß nicht, wie lange ich geborgen in seinen Armen lag und auf seinen gleichmäßigen und beruhigenden Herzschlag lauschte, und es war mir auch egal. Ich hätte ewig so stehen bleiben können. Als er mich dann losließ, trat ich enttäuscht einen Schritt zurück. Leere füllte mein Innerstes aus und die Kälte ließ mich wieder zittern.

„Ich gehe dann mal rein. Danke für alles", fügte ich noch hinzu.

„Gern geschehen." Sein Lächeln ging mir durch und durch. Als er sich zu mir beugte, stockte mir der Atem, doch er hauchte nur ein Küsschen auf meine Wange und wandte sich dann zum Gehen.

„Einen schönen Abend und eine gute Nacht Natalie, wir sehen uns Montag."

„Danke, das wünsche ich dir auch."

Während er pfeifend zum Auto ging, schloss ich frustriert die Tür hinter mir. Dass er heute keinerlei Annäherungsversuche unternommen hatte, wurmte mich sehr und ich hatte Angst, ihn für immer verloren zu haben. Dabei hatte ich ihn doch gar nicht gehabt.

Nachdem ich im Ofen ein Feuer entzündet hatte, machte ich es mir mit einer Decke auf der Couch bequem. Es war wirklich kalt gewesen. Und mich fröstelte nach wie vor. Erst nach einer Weile und nach einer Tasse heißen Kakao ging es mir besser. Ich war müde vom vielen Weinen in der letzten Zeit, emotional erschöpft durch die vielen Verluste, die ich hatte wegstecken müssen und überhaupt fühlte ich mich unwohl.

Wenn ich ihn doch einfach darum hätte bitten können, zu bleiben. Seine Gegenwart empfand ich als tröstlich, nun fühlte ich mich verloren. Mein letzter Gedanke, bevor ich einschlief, galt Patrick.

Am nächsten Morgen erwachte ich auf der Couch und klapperte mit den Zähnen. Mir war so kalt. Ich fühlte mich elend, der Kopf schmerzte und ständig musste ich niesen. Leider vertrug sich die Nieserei überhaupt nicht mit dem Kopfschmerz. Na prima. Warum hatte ich mir auch unbedingt den Sonnenuntergang anschauen müssen? Nun war ich wirklich krank. Vorsichtig stand ich auf, ein wenig schwindelig wurde mir, aber das ging rasch vorüber. Ich beeilte mich damit, wieder ein Feuer zu entfachen und kochte mir gleich eine ganze Kanne voll Tee und durchwühlte den Medizinschrank nach brauchbaren Medikamenten. Danach zog ich mich um und kroch wieder unter die Decke, nachdem ich Flocki hinaus gelassen hatte.

„Puh." Mit einem Ruck entledigte ich meiner Decke. Ich musste eingeschlafen sein, denn als ich erwachte, war mir fürchterlich heiß, und ich fühlte mich kein bisschen ausgeruht. Eher im Gegenteil. Ich wartete eine Weile, bevor ich Fieber maß, und stöhnte auf, als ich das Ergebnis sah. Prima. Nun also Fieber und mit neununddreißig Grad fühlte ich mich wirklich elend.

So ging es den ganzen Tag, Fieber und Schüttelfrost wechselten sich ab und kosteten mich viel Kraft, sodass ich mir sicher war, dass auch die nächsten Tage nicht besser werden würden. Ich tat alles, was in meiner Macht stand, doch es wurde nicht besser. Schweren Herzens rief ich abends bei Hilla an, um mich für den nächsten Tag krank zu melden.

„Du klingst wirklich übel. Ich schick dir morgen einen unserer Chefs vorbei."

„Mir egal. Hauptsache, ich kann im Bett bleiben." Wieder mal niesen. Tat nicht wirklich gut bei meinen Kopfschmerzen, und ich musste ein Stöhnen unterdrücken. „Sei mir nicht böse, aber ich lege mich wieder hin."

„Gute Besserung."

„Danke."

Wie so oft schlief ich auf dem Sofa ein. Ein wirrer Fiebertraum jagte den anderen und als ich gegen Morgen erwachte, fühlte ich mich ziemlich zerschlagen. Ich ließ den armen Hund raus, den ich abends schlichtweg vergessen hatte und schleppte mich erst einmal ins Bad. In den Spiegel zu schauen wagte ich gar nicht erst. Um mich ein wenig frischer zu fühlen, wusch ich mich und putzte die Zähne. Aber das half nur bedingt. Also tappte ich in die Küche, kochte mir erneut eine Kanne voll Tee, nahm meine Medikamente und legte mich wieder aufs Sofa. Als Geräuschkulisse schaltete ich den Fernseher ein.

So duselte ich den ganzen Vormittag vor mich hin, schlug mich abwechselnd mit Fieber und Schüttelfrost herum und war zu nichts zu gebrauchen. Müßig zu erwähnen, dass Patrick ständig in meinen Träumen auftauchte. Und wie oft wünschte ich, er wäre einfach nur da.

Mittags läutete es an der Haustür. Ich brauchte eine Weile, um wirklich wach zu werden, und war zunächst der Meinung, nur geträumt zu haben. Es klingelte erneut. Also wankte ich zur Tür und öffnete. Es war mir fast egal, wer davor stand. Doch als ich Patrick erkannte, der strahlend wie ein junger Gott vor mir stand, verfluchte ich mich, dass ich nicht vorhin einen Blick in den Spiegel geworfen hatte.

„Komm rein", murmelte ich und schlich, ohne eine Antwort abzuwarten, zur Couch zurück, wo ich mich direkt wieder nieder ließ. Im Fernsehen lief irgendeine Talkshow, wie ich jetzt nebenbei registrierte.

„Du siehst nicht gerade gut aus", bemerkte Patrick uncharmanterweise, als er sich neben mir nieder ließ. Schon fühlte ich seine Hand auf meiner Stirn und gleich ging es mir einen Deut besser. Weil er da war. Mit hochgezogenen Augenbrauen registrierte er die Wasserflaschen, die ich seit gestern leer getrunken und auf dem Tisch stehen gelassen hatte, weil ich es einfach nicht schaffte, sie wegzuräumen.

„Alle Achtung", meinte er. „Du trinkst ja literweise."

„Und ich habe noch nicht das Gefühl genug zu haben", stöhnte ich.

„Du glühst regelrecht vor Fieber", stellte er stirnrunzelnd fest.

„Kann man so sagen. Aber jedes Mal, wenn ich mich abkühle, habe ich prompt Schüttelfrost."

„Nimmst du Medikamente? Was hast du noch für Beschwerden?"

Ich sagte es ihm und ließ mich anschließend ermattet wieder in die Kissen zurücksinken. So mies war es mir lange nicht gegangen. Eigentlich konnte ich mich nicht daran entsinnen, jemals so krank gewesen zu sein. Erneut dämmerte ich weg, während er mich rasch untersuchte und bekam unbewusst mit, wie es kurze Zeit später an der Tür klingelte. Nicht schon wieder. Stöhnend drehte ich mich auf die andere Seite.

Patrick

Patrick stand auf, blickte einen Moment stirnrunzelnd auf Natalie hinab und ging dann, um die Tür zu öffnen. Dr. Grünhart stand davor. Mit einem Grinsen registrierte er, wer ihm geöffnet hatte. „Da komme ich wohl schon zu spät, um nach Natalie zu sehen, was?"

„Sie schläft, mehr oder weniger." Rasch setzte er seinen Kollegen in Kenntnis und ließ ihn herein. Auch dieser bemerkte das hohe Fieber sofort.

„Auf der Beerdigung ging es ihr doch noch gut?", fragte er nochmals nach.

„Aber Sie wissen ja selber, wie schnell so was gehen kann", antwortete Patrick leise. Das hohe Fieber machte ihm Sorgen. Und überhaupt gefiel es ihm nicht, dass Natalie krank war. Nur zu gern hätte er es ihr leichter gemacht.

Dr. Grünhart unterbrach seine Gedanken. „Meiner Meinung nach hat das arme Mädchen in letzter Zeit einfach viel zu viel zu verkraften gehabt. Ich weiß ja nicht, inwieweit Sie im Bilde sind?" Fragend zog er eine Augenbraue hoch.

„Oh, ich glaube, ich bin ganz gut im Thema", entgegnete Patrick, ohne groß nachzudenken. Mist, da hatte er mehr verraten, als er gewollt hatte.

Unbeirrt fuhr Dr. Grünhart fort. „Erst der Tod der Eltern, auch wenn das schon zehn Jahre her ist, dann der Verlust des Ehemannes, Rudis Tod und welche Rolle Sie dabei spielen, weiß ich immer noch nicht so wirklich. Möchten Sie mir dazu etwas erzählen?"

„Nein."

„Dann eben nicht." Achselzuckend drehte sich Dr. Grünhart wieder zu Natalie herum. „Aber ich finde es schon bemerkenswert, wie besorgt Sie um sie sind."

„Ich mag sie eben", gab er achselzuckend zu, „und möchte, dass es ihr gutgeht." Wortlos nahm er die leeren Wasserflaschen und trug sie in die Küche. Für einen Moment stützte er sich schwer auf den Tisch, bevor er tief durchatmete und zu Dr. Grünhart und Natalie zurückkehrte.

„Sie räumen wohl gern auf?", empfing ihn sein Kollege neckend. „Natalie scheint bei Ihnen wirklich einen Stein im Brett zu haben."

Natalie

„Sie kann Sie hören", ließ ich mich daraufhin mit schwacher Stimme vernehmen, ehe Patrick antworten konnte. „Und Sie beide machen eindeutig zu viel Lärm. Ich will einfach nur schlafen. Das geht nicht, wenn Sie sich hier die ganze Zeit unterhalten. Wenn nichts mehr ist, dann lassen Sie mich bitte allein. Ich komme schon klar."

Genervt blickte ich von einem zum anderen. Was sollte das blöde Platzhirschgehabe? Dr. Grünhart schmunzelte, Patrick hatte die Stirn besorgt in Falten gelegt, außerdem konnte er seinen

Ärger nur mühsam verbergen. Beinahe hätte ich gelächelt, aber eben nur beinahe.

„Wenn du sicher bist, dass du alles hast, was du brauchst?" Patrick schien nicht so schnell aufgeben zu wollen, während mein zweiter Chef schweigend vor sich hin lächelte.

„Jaaa", gab ich seufzend zurück. „Alles außer Ruhe."

„Dann gehe ich jetzt. Aber ich komme heute Abend noch mal wieder."

„Tu, was du nicht lassen kannst. Danke für den Besuch." Damit schloss ich einfach die Augen wieder und ließ mich ins Land der Träume hinüber gleiten. Dass die beiden Männer das Zimmer verließen, bekam ich nicht mehr mit.

Patrick

„Kopf hoch, mein Junge." Beruhigend tätschelte Dr. Grünhart den Arm des jüngeren Kollegen. „Die wird wieder. So wie sie uns gerade hinaus komplementiert hat, ist sie schon auf dem Weg der Besserung." Er lachte.

„Wenn Sie meinen." So ganz überzeugt schien Patrick nicht zu sein, schließlich ging es um Natalie. Aber vielleicht hatte er doch recht, und sie hatte im Moment zu viel zu verarbeiten gehabt. Dazu hatte er wohl auch seinen Beitrag geleistet, wie er zugeben musste. Verstohlen drückte Dr. Grünhart ihm einen Gegenstand in die Hand.

„Ihr Schlüssel. Für den Fall, dass sie die Tür heute Abend nicht aufmacht. Nun machen Sie noch ein wenig Pause, bevor es weiter geht. Wir sehen uns nachher."

Bevor Patrick etwas erwidern konnte, ging sein Kollege pfeifend davon. Verwirrt schaute er ihm hinterher, wie er ins Auto stieg und wegfuhr.

Warum hatte er ihm den Schlüssel gegeben? Sollte er vielleicht wirklich nur sehen, ob alles in Ordnung ist oder fing der alte Kauz etwa an zu kuppeln? Zumindest hatte Natalie klipp und klar gesagt, dass beide gehen sollten, also konnte er genauso gut einen Spaziergang durch den Wald machen. Vielleicht hätte er anbieten sollen, Flocki mitzunehmen. Jetzt auch egal. Erst einmal musste er den Kopf frei bekommen, um später nicht ständig an sie denken zu müssen.

Natalie

Abends fühlte ich mich schon bedeutend besser und war in der Lage unter die Dusche zu gehen und etwas zu essen. Als Patrick gegen halb sieben tatsächlich noch mal erschien, saß ich auf dem Sofa und las ein wenig. Irritiert sah ich auf, als er an der Wohnzimmertür klopfte.

„Wie bist du rein gekommen?", fragte ich stirnrunzelnd.

„Mit dem Schlüssel", antwortete er gelassen und hielt denselben in die Höhe. „Dr. Grünhart meinte, du würdest eventuell die Tür nicht öffnen und hat ihn mir heute Mittag in die Hand gedrückt. Dir scheint es besser zu gehen?", fragte er nach, obwohl er sah, dass dies der Fall war.

„Sieht ganz so aus." Genervt rollte ich mit den Augen und klappte das Buch zu.

„Warum bist du so gereizt?", wollte er wissen.

„Bin ich nicht." Doch, war ich. Aber warum, wusste ich selbst nicht genau. Vielleicht lag es daran, dass Patrick hier war, und ich mich nicht einfach in seine Arme kuscheln konnte. Vielleicht auch einfach nur an schlechter Laune. Abwartend lehnte er am Türrahmen. Seine grünen Augen ließen mich nicht einen Moment los.

So langsam fühlte ich mich unter seinem intensiven Blick unbehaglich, und ich legte mein Buch beiseite, um aufzustehen.

„Es geht mir wirklich besser", versicherte ich. „Das Fieber ist fast weg, und ich kann tatsächlich wieder klar denken. Heute Mittag war ich wohl ein bisschen unhöflich. Das tut mir leid", beeilte ich mich schließlich zu sagen.

„Schon vergessen. Hauptsache du fühlst dich besser. Dann kann ich ja wieder gehen." Er stieß sich vom Türrahmen ab und machte Anstalten, das Zimmer zu verlassen.

„Würdest du Flocki vorher hereinlassen?", bat ich ihn. Leider fühlte ich mich noch ein wenig wackelig auf den Beinen, doch er fragte nicht nach, sondern nickte lediglich und tat, worum ich ihn gebeten hatte.

„Du bist übrigens die ganze Woche krankgeschrieben", verkündete er, als er mit dem Hund im Schlepptau wieder hereinkam. „Wir möchten dich erst nächsten Montag wieder in der Praxis sehen. Und auch nur, wenn du dich vollständig auskuriert hast. Da gibt es auch keinen Verhandlungsspielraum."

Ich musste lächeln. „Alles klar Chef. Und nun schönen Feierabend."

„Den werde ich haben", versprach Patrick mit einem Lächeln der besonderen Art. Jenes Lächeln, das mein Herz zum Rasen brachte, und das ich nicht häufig zu sehen bekam. „Gute Besserung weiterhin und wenn du etwas brauchst, du weißt, wie du mich erreichen kannst."

„Ja."

Er ging und erst später fiel mir auf, dass er mir den Schlüssel nicht gegeben hatte. Na irgendwie würde er ihn schon wieder rausrücken.

„Du bist mir ja ein schöner Wachhund", rügte ich Flocki liebevoll. „Du hast Patrick einfach hier hereinlaufen lassen und nicht den kleinsten Ton von dir gegeben." Genüsslich ließ er sich das Fell kraulen und ignorierte meine Beschwerde völlig. Ich lachte.

„Komm du Fellknäuel, lass uns etwas essen." Das ließ er sich nicht zwei Mal sagen, sprang auf und lief mit einem erwartungsvollen Schwanzwedeln in die Küche vor.

VIERZEHN

Am nächsten Morgen erwachte ich mit einem Bärenhunger, was nur heißen konnte, dass es mir wieder gut ging. Doch ich ließ es langsam angehen. Nach einem ausgiebigen Frühstück setzte ich mich in den Garten, um die wenigen Strahlen der Oktobersonne zu genießen. Es war noch angenehm warm, es mussten in der Sonne beinahe zwanzig Grad sein. Doch ich nahm trotzdem die Decke mit. Gemütlich war es, und Flocki freute sich über die ungewohnte Aufmerksamkeit während des ganzen Tages.

Nach einem Nickerchen um die Mittagszeit gingen wir im Wald spazieren, und es war wunderschön dort. Das Laub raschelte bei jedem Schritt, und es roch eindeutig nach Herbst. Schade, dass Onkel Rudi es nicht mehr sehen konnte. Der goldene Oktober machte seinem Namen wirklich alle Ehre. Noch war das meiste Laub auf den Bäumen und leuchtete in herrlicher Farbvielfalt, aber in wenigen Wochen war das leider vorbei. Es war wunderbar, an nichts denken zu müssen, einfach nur die Natur auf sich wirken zu lassen und die Ruhe und den Frieden zu genießen. Es war, als wäre mir eine riesige Last von den Schultern genommen worden, und ich spürte irgendwie, dass Onkel Rudi wirklich immer bei mir war.

Spontan ging ich auf dem Friedhof vorbei.

Jemand hatte frische Blumen auf dem Grab meiner Eltern hinterlegt. Eine Weile blieb ich dort stehen, erzählte ihnen stumm alles Neue und verabschiedete mich schließlich. Dann ging ich weiter zu Onkel Rudis Grab und erstarrte als ich dort jemanden stehen sah, denn es war nicht irgendjemand. Nein. Es war Fabian. Was wollte der hier? Wut stieg in mir hoch und rasch trat ich näher heran.

Als er meine Schritte hörte, wandte er sich um. Seit unserer Trennung hatten wir uns nicht mehr gesehen und jetzt wurde mir klar, dass ich tatsächlich keinerlei Gefühle mehr für ihn hegte. Es war nichts mehr von der einstigen Liebe übrig geblieben.

„Hallo Natalie", begrüßte er mich leise. „Es tut mir leid. Ich war verreist und habe erst gestern Abend erfahren, dass Onkel Rudi gestorben ist."

Aha. Das war also der Grund, warum er sich nicht gemeldet hatte. Ich vergrub meine Hände tief in den Taschen meiner Jacke, und ballte sie zu Fäusten. Warum wusste ich selbst nicht.

„Ich habe ihn sehr gemocht und wollte mich von ihm verabschieden", fügte er erklärend hinzu, als ich keine Antwort gab. „Brauchst du irgendetwas? Kann ich dir helfen?"

Überrascht blickte ich auf. Was waren denn das für Töne? Rasch schüttelte ich den Kopf. „Nein. Danke, ich komme zurecht. Onkel Rudi war so krank, dass der Tod eine Erlösung für ihn war."

Sah ich da etwa ein schlechtes Gewissen hervor blitzen?

„Hör zu Natalie. Wie es bei unserer Trennung gelaufen ist, tut mir leid. Aber es ist besser so. Ich hasse dich nicht, falls du das denken solltest."

„Das ist schön, aber das habe ich nie gedacht. Ich wüsste auch nicht, warum du das tun solltest. Mir tut leid, dass ich dich verletzt habe. Aber ich denke mittlerweile, dass unsere Trennung wirklich das Beste war."

„Dann bin ich beruhigt. Das wollte ich nur klar stellen. In meinem Herzen wirst du immer einen besonderen Platz haben, denn ich habe dich mal sehr geliebt."

Er sah an mir vorbei. „Ich muss gehen. War schön, dich mal wieder zu sehen."

„Ja", antwortete ich nur. Doch als er ging, sah ich ihm hinterher und beobachtete, wie er auf eine Frau zuging, die ihm freudestrahlend entgegenlief. Sie war hübsch, wie ich zugeben musste, und das liebevolle Lächeln, das sie ihm entgegenbrachte, ließ ihr Gesicht umso mehr strahlen. Gut, das hatte er verdient. Sie kam mir vage bekannt vor, aber ich wusste sie nicht zuzuordnen.

Doch als sie sich zur Seite drehte, stockte mir der Atem und alle meine wohlwollenden Gedanken zerplatzten wie Seifenblasen. Dieser Arsch! Die Frau war offensichtlich schwanger! Und das nicht erst seit heute oder gestern. Jetzt wusste ich, woher sein schlechtes Gewissen rührte. Von wegen, ich würde in seinem Herzen immer einen Platz haben. Was sollte das blöde Gelaber? Das konnte er sich getrost an den Hut stecken.

Mir hatte er Vorwürfe gemacht, weil es mit dem Baby nicht klappen wollte, stattdessen bekam er nun mit einer anderen ein Kind. Oh! Das konnte doch jetzt nicht wahr sein. Als ich spürte, wie mir Tränen in die Augen schossen, wandte ich mich ab. Nein, das würde ich mir nicht antun.

Auch ich würde noch den passenden Mann finden und eine eigene Familie haben, wieder wissen, wo ich hingehörte. Denn Dr. Grünhart hatte nicht ganz unrecht. Ich musste viele Verluste verarbeiten, und es war nicht einfach, ohne Familie da zu stehen. Aber gut, dass ich die zwei besten Freundinnen der Welt mein eigen nennen durfte, die immer für mich da waren, wenn es darauf ankam. Auch an den hohen Feiertagen wie Weihnachten oder Ostern würde ich in Zukunft nicht allein sein. Hatte ich sie sonst mit Onkel Rudi verbracht, so hatten mir Yvonne und Steffi angeboten zu ihnen zu kommen. Und wer weiß, vielleicht würde ich sogar darauf zurückkommen.

„Komm Flocki, wir gehen nach Hause", sagte ich bedrückt. Verflogen war die Hochstimmung des schönen Spazierganges. Als ich an der Bank vorbei kam, auf der ich gemeinsam mit Patrick den Sonnenuntergang genossen hatte, liefen mir doch wieder die Tränen die Wangen hinunter. Ich rannte fast nach Hause. Dort warf ich mich aufs Bett und heulte erst mal eine Runde. Weil ich so ´ne doofe Nuss war und den Mann weggestoßen hatte, den ich eigentlich am meisten wollte. Weil Fabian glücklich war und Vater wurde. Weil er meinen inneren Frieden mal eben wieder zerstört hatte.

Danach war es erst einmal besser, aber nicht wirklich gut. Aber ich würde lernen damit zu leben, wie mit so vielem anderen auch. Nein, mich würde das Leben nicht unterkriegen, das hatte ich mir nach dem Tod meiner Eltern schon geschworen.

Dennoch war ich heilfroh, als ich am Montag, wieder vollständig genesen, zur Arbeit gehen durfte. Damit hatte die Grübelei wenigstens ein Ende, und ich war abgelenkt. Auch mit Patrick zu arbeiten war ein Lichtblick, denn seit unserem Gespräch auf der Bank und hinterher war alles wieder wie früher. Eigentlich sogar besser. Er lachte und scherzte wieder mehr und hinter vorgehaltener Hand hörte ich meine Kolleginnen darüber spekulieren, was wohl passiert sein könnte. Er schien wie ausgewechselt. Vielleicht war er verliebt? Ich hielt mich da lieber raus, denn eigentlich wusste ich es selbst nicht.

Dass Yvonne sich gerade diese Zeit aussuchte, um mir freudestrahlend mitzuteilen, dass sie schwanger war, dafür konnte sie ja nichts. Überall sah ich nur noch schwangere Frauen, seit mir bekannt war, dass Fabian Vater werden würde. Da sie wusste, wie gern ich selbst ein Kind haben wollte, hatte sie lange gezögert, mir die Botschaft zu überbringen. Bei ihrer schlanken Figur würde es recht schnell auffallen, und sie wollte es mir lieber selbst sagen.

„Ich freue mich sehr für euch", versicherte ich ihr immer wieder, da ich sehen konnte, dass sie so etwas wie ein schlechtes Gewissen zu haben schien. „Mach dir um mich keine Gedanken, irgendwann werde ich dir hoffentlich dasselbe mitteilen können."

„Weißt du, ich hatte wirklich Angst, es dir zu sagen", gestand sie mir.

„Warum? Weil ich auch gern ein Kind möchte und gerade ohne Mann bin?" Verwundert sah ich sie an. Natürlich war die Nachricht auf eine Weise hart für mich, erinnerte sie mich doch daran, dass mir die Zeit unaufhörlich davon lief. Aber ich gönnte meinen Freunden nur das Beste.

„Du wirst schon sehen, meinen Deckel gibt es irgendwo", versuchte ich zu scherzen.

„Ganz bestimmt", bestätigte Yvonne rasch mit einem Lächeln. „Weißt du, wir könnten mal wieder etwas zusammen unternehmen. Nur unser Kleeblatt sozusagen. Mir ist aufgefallen, dass unser letztes Treffen schon Urzeiten her ist."

Womit sie nicht ganz unrecht hatte. Also sahen wir unsere Kalender durch und hatten rasch zwei Termine zur Auswahl, die wir Steffi so schnell wie möglich zur Abstimmung vorlegen wollten. Essen und danach ins Kino oder vielleicht ein Musicalbesuch im Theater. Für den Fall, dass dort noch Karten zu bekommen waren.

Als das Telefon klingelte, fühlte ich mich gestört, zumal meine Mittagspause fast vorbei war und ich wieder losmusste. Schließlich war ich gerade dabei, Yvonne zu verabschieden.

„Geh nur, ich finde den Weg allein. Ich melde mich, wenn Steffi sich für einen Termin entschieden hat."

„Ist gut. Bis dann."

Wo war das blöde Telefon nur? Suchend sah ich mich um. Da klingelte es wieder und triumphierend hielt ich es schließlich in den Händen, bevor der Anrufbeantworter anspringen konnte.

„Vogt", meldete ich mich ein wenig atemlos.

„Frau Natalie Vogt?", fragte eine angenehme Frauenstimme nach.

„Genau. Mit wem habe ich das Vergnügen?", hakte ich verwundert nach.

„Kanzlei Freiburg, Wiebold und Arning, Sie sprechen mit Frau Kloster. Uns liegt das Testament von Herrn Rudolf Bergmann vor, und Herr Wiebold würde es gern mit Ihnen besprechen. Passt es Ihnen vielleicht heute Abend?"

„Das Testament von Onkel Rudi? Ich bin nicht vor neunzehn Uhr zu Hause. Da hat er doch sicher schon Feierabend?" Ich war verwirrt. Was hatte Onkel Rudi denn groß zu vererben? Da fiel mir auch gleich wieder ein, dass ich seinen Hausrat auflösen musste. Diese Tatsache hatte ich während der letzten Wochen erfolgreich verdrängt, denn eigentlich hatte ich Angst davor. Angst davor, erneut zusammenzubrechen und aus dem Heulen nicht mehr herauszukommen.

„Wenn es Ihnen recht ist, würde er Sie auch zu Hause aufsuchen."

„Ist gut. Ab halb acht wäre ich bereit. Auch wenn es etwas kurzfristig ist", fügte ich verstimmt hinzu.

„Leider habe ich sie letzte Woche nicht erreicht, und Herr Wiebold ist nur noch heute und morgen im Haus."

„Oh. Ich war krank und habe vergessen das Telefon zu laden. Wir machen es einfach heute Abend und fertig. Irgendwie bekomme ich das schon hin."

„Vielen Dank und auf wieder hören."

„Auf wieder hören", murmelte ich, obwohl nur noch das Freizeichen zu hören war.

An diesen merkwürdigen Anruf musste ich den ganzen Nachmittag immer wieder denken. Was wollte der Anwalt von mir? Wenn jemandem meine geistige Abwesenheit auffiel, und bei dem scharfen Blick, den ich hin und wieder von Patrick bekam, wäre das durchaus denkbar gewesen, so erwähnte es zumindest niemand. Und zum ersten Mal seit längerer Zeit war ich die Erste, die nach Feierabend die Praxis verließ. Die erstaunt gehobenen Augenbrauen meiner Kolleginnen übersah ich

gekonnt. Sonst war ich schließlich fast immer die
Letzte, die ging, also musste es heute mal anders
gehen.

So war ich dann auch um kurz vor sieben
daheim, pitschnass, wegen des Regens, der
eingesetzt hatte und aufgeregt wegen des Termins.
Rasch stellte ich mein Essen in die Mikrowelle und
ging duschen. Anders als sonst schlüpfte ich
danach nicht in meine Wohlfühlklamotten, sondern
in ganz normale Kleidung. Schließlich bekam ich
noch Besuch.

Als ich gerade mit dem Essen fertig war,
klingelte es. Flocki begann wie verrückt zu bellen,
während ich auf dem Weg zur Tür, meinen Teller
in der Küche abstellte.

„Bist du jetzt ruhig, du verrückter Hund",
ermahnte ich ihn, bevor ich die Tür öffnete. „Aus."
Er hörte auf zu kläffen, doch vorsichtshalber hielt
ich ihn am Halsband fest.

„Guten Abend, der beißt doch hoffentlich
nicht?" Der ältere Herr kam mir bekannt vor. Er
schien sich ein wenig unbehaglich zu fühlen, als er
Flocki beäugte. „Mein Name ist Friedrich Wiebold,

ich bin … ich war der Anwalt von Herrn Bergmann."

„Guten Abend, Herr Wiebold", begrüßte ich ihn lächelnd. „Flocki beißt nicht. Kommen Sie doch herein."

„Vielen Dank."

Ich ließ ihm den Vortritt, sagte ihm, wie er ins Wohnzimmer kam. „Kann ich Ihnen Ihren Mantel abnehmen?", fragte ich höflich.

„Vielen Dank." Er reichte mir Mantel und Schirm, die ich rasch aufhängte und kehrte dann zu ihm zurück. Viel weiter konnte ich dieses Gespräch nicht hinaus zögern, obwohl mich mal wieder ein mulmiges Gefühl beschlich.

„Darf ich Ihnen etwas zu trinken anbieten?" Der Anwalt war bereits dabei, diverse Papiere aus seiner Tasche zu kramen und auf dem Tisch auszubreiten.

„Ein Wasser wäre nett, danke."

Ich goss etwas in zwei Gläser und stellte beide vor uns auf den Tisch, dann hatte ich nichts mehr zu tun, verschränkte meine Hände und legte sie in den Schoß. Merkwürdigerweise hatten sie zu zittern begonnen. Jetzt wusste ich auch, warum mir der Mann so bekannt vorkam. Er war derjenige, der mir vor Wochen bei Onkel Rudi begegnet war, der mit der dunklen Limousine. Mein Herz schlug vor Aufregung schneller. Wie wünschte ich, dass ich nun nicht allein hier säße.

„Frau Vogt, Sie wundern sich bestimmt über diesen Termin", stellte Herr Wiebold schmunzelnd fest. „Rudi hat es sich schon gedacht. Zunächst einmal hat er Sie als Alleinerbin eingesetzt, da er sonst keine nahen Verwandten hat."

„Aber Onkel Rudi hat doch gar nicht viel gehabt. Ich dachte, es muss nur noch sein Haus leer geräumt werden und das war es."

„Da es sein Haus war und nun Ihnen gehört, sofern Sie das Erbe annehmen, können Sie damit tun und lassen, was Sie möchten. Um Sie gleich zu beruhigen, er hat nur Vermögen zu vererben, keinerlei Schulden."

„Okay", antwortete ich vorsichtig. Was kam denn noch?

„Und es ist doch einiges, was ich Ihnen gleich näher erläutern werde." Was er dann auch tat. Nachdem er geendet hatte, saß ich da wie vom

Donner gerührt. Ungläubig starrte ich auf die Papiere vor mir. Ich hatte immer angenommen, dass Onkel Rudi zur Miete wohnte und sein Auskommen hatte, aber niemals, dass er mir so viel hinterlassen würde.

Da waren zum einen ein nicht unerheblicher Geldbetrag, Aktien, Lebensversicherungen, zwei Häuser und zwei Grundstücke. All das hätte ich gern her gegeben, wenn ich noch einmal mit ihm hätte reden können, ihn noch einmal in den Arm nehmen könnte. Was bedeutete schon alles Geld der Welt, wenn der Mensch, der einem wichtig war, nicht mehr bei einem war?

„Ich weiß gar nicht recht, was ich sagen soll", stammelte ich schließlich verwirrt.

„Sie haben davon nichts gewusst?", fragte der Anwalt mit hochgezogenen Augenbrauen.

„Ich hatte keinen blassen Schimmer", bestätigte ich. „Er hat nie irgendetwas erzählt."

„Nun, Sie haben noch ein wenig Zeit, sich alles durch den Kopf gehen zu lassen und alles zu verdauen. Rudi hat mir auch noch einen Brief für Sie persönlich gegeben." Er zog einen dicken DIN A 4 Umschlag hervor und reichte ihn mir.

„Ein Brief ist gut", wunderte ich mich. „Wissen Sie, was darin steht?" Fragend sah ich ihn an und wog den Umschlag in den Händen.

„Bedauere. Er gab ihn mir nur zur Aufbewahrung und sagte, dass er einiges zu erklären hätte, wozu er zu Lebzeiten zu feige gewesen sei."

„Was das wohl sein mag?"

„Nun denn, wenn Sie jetzt keine Fragen mehr haben, werde ich mich verabschieden. Ansonsten stehe ich Ihnen selbstverständlich für Rückfragen oder sonstiges gern zur Verfügung."

„Im Moment bin ich von den Neuigkeiten erschlagen, weiß gar nicht, wo mir der Kopf steht."

„Zögern Sie nicht, mich anzurufen, wenn etwas unklar ist. Rudi war ein feiner Mensch, egal, was er zu beichten hatte." Herr Wiebold legte mir mit einem warmen Lächeln die Hand auf den Arm.

„Danke. Ich werde es nicht vergessen. Ich habe ihn geliebt, wie einen Großvater und als meine Eltern gestorben sind, wie einen Vater."

„Das freut mich. Sie waren seine einzige Familie, wie er immer wieder betonte. Ich wünsche Ihnen noch einen schönen Abend."

„Danke, den wünsche ich Ihnen auch. Vergessen Sie nicht Schirm und Mantel." Rasch ging ich vor, um beides zu holen, und er verabschiedete sich endgültig.

Nachdenklich kehrte ich ins Wohnzimmer zurück und ließ mich auf die Couch sinken. Ich nahm den Umschlag in die Hand und staunte erneut über das Gewicht und die Dicke. Was hatte er da alles geschrieben? Und wollte ich wirklich wissen, was darin geschrieben stand? Nach einem Blick auf die Uhr stellte ich fest, dass es erst neun Uhr war, aber ich beschloss mich für das Bett fertig zu machen und den Brief dort zu lesen.

Mit klopfendem Herzen kroch ich unter die Decke und öffnete langsam den Umschlag. Zum Vorschein kamen eine Menge bedruckter Blätter und obenauf fand ich eine handschriftliche persönliche Mitteilung von Onkel Rudi an mich. Mit zitternden Fingern griff ich danach und las sie.

Tränen trübten meine Sicht, als ich die wohlbekannte und geliebte Schrift entzifferte. Er schrieb davon, wie sehr er mich geliebt hatte, dass er hoffte, dass ich ihm einige Sachen nicht übel nähme, die ich auf den folgenden Seiten lesen würde. Er hätte mir so gut wie möglich sein Leben erzählt und ganz zum Schluss würde ich erfahren wieso und er hoffte, dass ich ihn danach nicht hassen würde, weil er zu feige war, es mir selbst zu sagen. Er hatte einfach die Zeit, die ihm noch blieb, mit mir genießen wollen. Hatte das nicht auch in meinem Sinne gelegen? Ich war verwirrt. Warum um alles in der Welt sollte ich Onkel Rudi hassen? Ich hatte ihn doch geliebt, wie es nur möglich war. Entschlossen begann ich mit der ersten Seite, um Licht ins Dunkel zu bringen.

Geboren wurde er in den frühen zwanziger Jahren des zwanzigsten Jahrhunderts. Seine Eltern hatten ein einträgliches Landgut in der Umgebung besessen, und er war mit zwei Brüdern und einer Schwester aufgewachsen. Bis Hitler an die Macht kam, hatte er ein eher beschauliches Leben auf dem Gut geführt, das er später einmal hatte übernehmen wollen. Als 1939 der Krieg ausbrach, bekam er zunächst nicht viel davon mit, bis er schließlich eingezogen wurde. Als er ein Jahr später mit gerade zwanzig Jahren, auf Heimaturlaub war, heiratete er seine Jugendliebe Gertrud und irgendwie schafften sie es auch gleich, ihre gemeinsame Tochter auf den Weg zu bringen.

Es hatte immer an Onkel Rudi genagt, dass er zum Zeitpunkt der Geburt nicht zu Hause sein konnte, doch seine Tochter bekam er als Baby noch zu Gesicht. Er beschrieb die Gräuel des Krieges so eindringlich, dass ich zwischenzeitlich immer wieder innehalten musste, um mir die Tränen abzuwischen. Vieles von dem, was ich da las, hatte ich noch nicht gewusst, aber ich war stolz darauf, sagen zu können, dass weder Onkel Rudi noch seine Familie zu den Befürwortern dieses Krieges gehört hatten.

Das Grundstück, auf dem das Gut gestanden hatte, plus noch eines hatte ich nun geerbt. Leider war es im Krieg vollständig zerstört worden. Bei einem Bombenangriff kamen darin seine Eltern und seine Schwester ums Leben. Nur aus sentimentalen Gründen behielt er es dennoch. Mir war nicht bewusst, dass er immer wieder dorthin zurückgekehrt war, um in Erinnerungen zu schwelgen und seiner Familie nahe zu sein.

Einer seiner Brüder galt nach wie vor als vermisst und wahrscheinlich gefallen, der andere war als Widerstandskämpfer hingerichtet worden. Onkel Rudi war stolz auf ihn gewesen, stolz darauf, dass er versucht hatte, etwas zu ändern.

Als einzige Familie blieb ihm seine eigene, neu gegründete, doch auch sie war ihm bei einem Bombenangriff im Jahre 1943 genommen worden. Onkel Rudi hatte ein kleines Haus im Bahnhofsviertel besessen, und eines Tages wurde eben dieses unter Beschuss genommen, und das Haus bekam einen Volltreffer ab. Trudi und ihre Tochter kamen im Keller ums Leben.

Lange Zeit hatte er nicht gewusst, was mit ihnen geschehen war und gehofft, dass sie sich hatten retten können. Doch irgendwann erreichte ihn die Nachricht, und er zog in Russland in die Schlacht, um zu sterben. Es gab niemanden mehr, für den es sich zu leben lohnte, niemanden, der ihn zu Hause willkommen heißen würde, wenn alles vorbei war.

Doch es kam anders. Er geriet in russische Gefangenschaft und kam erst Jahre später nach Hause oder dorthin zurück, was er einst als sein Zuhause betrachtet hatte. Geprägt von dieser schweren Zeit baute er sich dennoch ein neues Leben auf.

Ich vergoss bittere Tränen, als ich dies alles gelesen hatte. Ich wusste zwar, dass er seine gesamte Familie verloren hatte, doch alles noch mal zu lesen, was er anschaulich beschrieben hatte, war, als würde ich es praktisch selbst erleben. So vieles, was ihn belastet hatte, hatte er hier zu Papier gebracht und damit seinen Frieden geschlossen.

Zwei Stunden hatte ich nun mit der Lektüre von Onkel Rudis Leben verbracht und noch nichts gefunden, weswegen ich ihn hassen sollte. Aber es lag auch noch ein beträchtlicher Teil der Geschichte vor mir. Eigentlich hätte ich schlafen gehen sollen, doch mich interessierte auch der Rest. Irgendwann, als mir schon fast die Augen vor Müdigkeit zufielen, kam ich zu einer Seite, die seltsam verwischt war und mit einem Mal war ich wieder hellwach. Jetzt musste die Passage kommen, die Onkel Rudi gemeint hatte, als er schrieb, er wäre zu feige gewesen.

Mittlerweile wusste ich, dass meine Eltern und er enge Freunde geworden waren. Und auch, dass meine Mutter mit vierzig Jahren immer noch nicht schwanger war und beide sich sehnlichst ein Kind wünschten. Was brachten ihnen das Geld und der Erfolg, wenn sie es doch nicht weiter geben konnten? Sie waren todunglücklich deswegen. Wie sie sich gefühlt haben mussten, konnte ich annähernd nachvollziehen. Schließlich hatte ich mit dem schwanger werden ja auch ein Problem.

Doch im Gegensatz zu meinem Mann ließ sich mein Vater untersuchen und es kam heraus, dass er aufgrund einer Mumpserkrankung in seiner Jugend gänzlich zeugungsunfähig war. Das stürzte beide in eine tiefe emotionale Krise. Nachvollziehbar.

War ich etwa adoptiert und niemand hatte mir etwas gesagt? Wie war ich sonst entstanden? Stirnrunzelnd und mit wild klopfendem Herzen las ich weiter. Aus einer Bierlaune heraus, beschlossen die beiden Männer, dass Onkel Rudi eine Samenspende vornehmen würde, so wussten meine Eltern wenigstens, wer der biologische Vater sein würde, sofern es klappte. Und es hatte funktioniert, das Ergebnis war ich.

Mein Gott! Fassungslos ließ ich die Blätter sinken und versuchte zu begreifen, was ich soeben erfahren hatte. Onkel Rudi war mein leiblicher Vater? Zitternd zog ich die Knie ans Kinn und legte den Kopf darauf ab. Kein Wunder, dass er Angst davor gehabt hatte, ich könnte ihn hassen. Warum zum Teufel hatte es niemand für nötig gehalten, mir etwas davon zu sagen? Wut stieg in mir auf, und ich sprang aus dem Bett und begann auf und ab zu laufen. Dabei fuhr ich mir immer wieder mit den Händen durchs Haar. Flocki schaute mir irritiert zu.

Irgendwann blieb ich einfach stehen und begann zu schluchzen. Ich ließ mich auf den Boden fallen und heulte, was das Zeug hielt. Verdammt, ich hatte ein Recht darauf gehabt, das zu erfahren. Wenigstens wusste ich nun, warum ich immer wieder diese schier unerklärliche Zuneigung zu dem alten Mann gespürt hatte und warum er mir so zugetan war. Ich war sein einziges lebendes Kind.

Als ich mich wieder beruhigt hatte, kroch ich ins Bett zurück. Nun war mir auch klar, warum die Seiten so verschmiert waren. Auch Onkel Rudi hatte bittere Tränen vergossen. Ja, für mich würde er wohl immer Onkel Rudi bleiben und ob ich wollte oder nicht, ich liebte ihn nach wie vor und auch meine Eltern. Nichts konnte daran etwas ändern. Wie konnte ich ihnen vorwerfen, dass sie für sich einen Ausweg gefunden hatten? Mir hatte es nie an Liebe und Zuneigung gefehlt. Also beschloss ich, weiterzulesen, und erhielt eine Erklärung.

Meine Eltern und Onkel Rudi hatten beschlossen, mich gemeinsam zu einem angemessenen Zeitpunkt darüber aufzuklären, dass mein Vater eben nicht mein leiblicher Vater war, sondern Onkel Rudi und ich somit eben zwei Väter hätte. Denn den Umgang mit mir hätten sie ihm niemals verboten, dafür waren sie zu dankbar für das kostbare Geschenk.

Sie hatten sich für meinen zwanzigsten Geburtstag entschieden, doch kurze Zeit vorher kamen meine Eltern ums Leben und Onkel Rudi war der Meinung, dass ich schon genug zu verkraften gehabt hätte. Und danach hatte er immer wieder den Mut verloren. Zum einen wollte er mich nicht verlieren, zum anderen hatte er Angst, ich würde ihm nicht glauben. Alles endete damit, dass er mir wieder versicherte, wie sehr er mich mein Leben lang geliebt hätte. Und daran bestanden definitiv keinerlei Zweifel.

In dieser Nacht wälzte ich mich noch lange schlaflos hin und her und wenn ich doch schlief, verfolgten mich meine Träume, in denen ich das Gelesene zu verarbeiten versuchte. Kein Wunder also, dass ich am nächsten Morgen den Wecker am liebsten an die Wand gepfeffert hätte und liegen geblieben wäre. Aber ich konnte mich schlecht schon wieder krank melden. Also stand ich kurz vor knapp auf, machte mich fertig und kaufte mir auf dem Weg zur Arbeit ein Brötchen. Appetit hatte ich eigentlich nicht. Meine Gedanken kreisten ständig um Onkel Rudi. Ich musste mit irgendjemandem darüber reden, sonst platzte ich noch.

Meine Kolleginnen sahen mir an, dass etwas nicht stimmte, fragten aber nicht. Sicher schoben sie es auf die Trauer. Auch Patrick sah die dunklen Schatten unter meinen Augen und mein blasses Gesicht, doch bevor er noch etwas sagen konnte, griff Dr. Grünhart ein und lotste mich in ein Sprechzimmer. Ich war so müde und erschöpft, dass ich meinte, nicht bis zum Abend durchhalten zu können. Sobald ich zur Ruhe kam, fielen mir die Augen zu.

„Setzen Sie sich." Dr. Grünhart ließ sich hinter seinem Schreibtisch nieder und sah mich ernst aus seinen blauen Augen an. „Natalie, was stimmt heute nicht mit Ihnen? Haben Sie einen Rückfall? Sie sind kreidebleich und sehen aus, als hätte Sie die Nacht durchgemacht."

Ich war wirklich versucht, einfach zu sagen, dass es mir wieder schlechter ging, doch ich hielt mich an die Wahrheit. Schließlich wusste ich, dass mein Chef und Onkel Rudi ebenfalls miteinander befreundet gewesen waren.

„Es geht mir nicht gut, aber die Krankheit von letzter Woche hat damit nichts zu tun", flüsterte ich. Zu meinem Entsetzen fühlte ich, wie mir wieder die Tränen in die Augen schossen. Entschlossen wischte ich sie fort, doch sie ließen sich nicht bändigen. Also schlug ich die Hände vors Gesicht und heulte ... wieder einmal. Das schien in den letzten Monaten zu einer meiner Lieblingsbeschäftigungen geworden zu sein. Dr.

Grünhart stand auf und kam um den Schreibtisch herum, um sich neben mich zu setzen. Geduldig wartete er ab.

„Aber Kind, was ist denn los?", fragte er schließlich besorgt, als ich mich einigermaßen wieder im Griff hatte. In mir kämpften so viele verschiedene Gefühle gegeneinander, dass ich nicht mal in der Lage war, irgendeines davon zu benennen. Es war einfach nur Chaos.

„Haben Sie es gewusst?", flüsterte ich schließlich kaum hörbar.

„Was denn gewusst?", hakte er stirnrunzelnd nach.

Und da erzählte ich ihm einfach alles. Warum ich die letzte Nacht nicht geschlafen hatte, warum ich schon wieder heulte. Und wie sollte es anders sein, natürlich liefen dabei wieder Tränen über mein Gesicht. Ich konnte nicht mehr. Als ich wirklich alles raus gelassen hatte, fand ich mich in seinen Armen wieder, und er strich mir begütigend übers Haar. „Ich hätte es einfach gern gewusst", wiederholte ich immer und immer wieder. Und ich ließ mich von meinem Chef trösten. Erst gefühlte Stunden später hatte ich mich wieder einigermaßen im Griff. In Wirklichkeit war insgesamt erst eine Stunde vergangen, seit mich Dr. Grünhart ins Sprechzimmer geholt hatte, weil er mein Elend nicht länger mit ansehen konnte.

„Ich habe es nicht gewusst, aber mich des Öfteren gefragt, ob diese Möglichkeit besteht", gab er schließlich zu. „Ich konnte einige Eigenschaften von ihm an Ihnen wieder erkennen, besonders den Dickschädel", fügte er schmunzelnd hinzu. „Aber das hätte auch Zufall sein können. Äußerlich ähneln Sie mehr Ihrer Mutter."

„Er hat sich also niemandem anvertraut", stellte ich fest und putzte mir die Nase. „Armer Onkel Rudi. Warum hat er nicht mehr Vertrauen in mich gehabt?"

„Das werden wir nie erfahren, außer dass es in seinem Brief steht. Nehmen Sie es nicht so schwer. Soweit ich weiß, hat er sich nach dem Verlust Ihrer Eltern rührend um Sie gekümmert und war auch sonst immer für Sie da. Und wenn Sie tief in Ihr Innerstes schauen, erkennen Sie, dass es gar nicht mehr wichtig ist."

„Vielleicht haben Sie recht", gab ich zu und stand auf. Aber vor lauter Müdigkeit schwankte ich gefährlich und ließ mich sogleich wieder in den Stuhl sinken. Na prima. Und es war noch nicht einmal Mittag.

„Ich schlage vor, einer von uns bringt Sie heim. So können Sie nicht arbeiten. Ab nach Hause und schlafen Sie sich aus.“

„Ist gut.“ Ich war einfach zu fertig, um zu protestieren. Hätte auch nichts gebracht. Ich wusste selbst, dass ich gerade zu nichts zu gebrauchen war. „Und morgen tauchen Sie hier ausgeschlafen auf, verstanden?“ Doch ich erkannte ein kleines Lächeln in seinen Augen. Also nickte ich und ging. Aber ich rief mir ein Taxi. Niemand erhob Einspruch, dass ich mitten am Tag einfach heimfuhr. Zu Hause angekommen, schaffte ich es gerade noch, mich auszuziehen, bevor ich ins Bett sank und bis zum nächsten Morgen durchschlief.

FÜNFZEHN

Mittlerweile war es November geworden und Patrick und ich hatten seit Onkel Rudis Tod nicht mehr allein zusammen gearbeitet. Dafür war unser Umgang miteinander seit unserem Gespräch nach der Beerdigung wieder angenehmer und lockerer geworden. Wir gingen uns nicht mehr aus dem Weg. Doch am Vorabend hatte er mich darum gebeten, dass ich mittags länger blieb, weil er noch einige Unterlagen mit mir durchgehen wollte. Dr. Grünhart hatte Urlaub, und es waren einige Fragen aufgetaucht, die wir vielleicht auch allein klären konnten. Die Praxis war neutraler Boden und so fühlte ich mich sicher, als ich einwilligte. Zudem hatte Patrick nie wieder einen Annäherungsversuch unternommen, was ich ihm einerseits hoch anrechnete, weil er meinen Wunsch respektierte, was andererseits aber doch nicht so ganz meinen Gefühlen entsprach.

Es war Freitag, und da am Morgen dichter Schneefall eingesetzt hatte, blieben viele Patienten zu Hause, jedenfalls war es ungewöhnlich ruhig, sodass Hilla, Kerstin und Katja pünktlich Feierabend machten. Hinter ihnen schloss ich die Praxistür ab. Es schneite nun seit einigen Stunden und kein Ende schien in Sicht. Noch immer hingen die Wolken voll mit Schnee tief am Himmel. Und ich war mit dem Fahrrad gekommen. Prima Aussichten, nach Feierabend zu Fuß mit dem Drahtesel durch den Schnee nach Hause stapfen zu müssen. Es waren immerhin vier Kilometer. Seufzend wandte ich mich ab und ging zu meinem Platz. Je eher wir mit der Arbeit begannen, desto besser war es.

Zum Glück verhielt Patrick sich weiterhin professionell, und es machte wirklich Spaß mit ihm zu arbeiten. Wir kamen gut voran, bis zwei Stunden später mein Handy klingelte. Er stöhnte genervt auf. „Hättest du das nicht aus machen können?", fragte er mit ungewohnter Schärfe in der Stimme.

„Sorry", erwiderte ich ungerührt. Auf dem Display stand die Nummer meiner Freundin Steffi. Für heute Abend waren wir verabredet, vielleicht war ihr etwas dazwischen gekommen.

„Ich muss kurz ran gehen", entschuldigte ich mich, als er die Augen verdrehte.

„Hallo Steffi, was gibt es?"

„Natalie, Gott sei Dank. Wo bist du? Hoffentlich schon zu Hause." Sie klang total aufgeregt.

„Nein, noch bei der Arbeit. Was ist denn los?", wollte ich irritiert wissen. Was war ihr denn für eine Laus über die Leber gelaufen?

„Dann sieh zu, dass du bald heimkommst", drängte sie. „Auf den Straßen der Umgebung herrscht das totale Chaos."

„Wieso? Wegen dem bisschen Schnee?", wunderte ich mich.

„Wegen dem bisschen Schnee?", klang ihre Stimme entgeistert aus dem Lautsprecher. „Süße, hast du mal nach draußen geschaut? Überall gibt es Staus, die LKWs kommen nicht weiter, die Autos rutschen in die Gräben, weil viele noch mit Sommerreifen unterwegs sind. Es ist das reinste Chaos. Als Carsten vorhin nach Hause kam, hat er geschimpft wie ein Rohrspatz."

„Na ja, mein Fahrrad hat Ganzjahresreifen", versuchte ich zu scherzen. Das kam nicht wirklich gut bei ihr an. Steffi, sonst ruhig und abgeklärt schien sich große Sorgen um mich zu machen.

„Mensch Natty, es ist mir wirklich ernst. Ich will, dass du heimfährst", beharrte sie. „Obwohl du dein Rad wohl eher stehenlassen solltest."

„Schon gut, komm mal wieder runter. Ich schaffe es schon nach Hause", versuchte ich sie zu beruhigen.

„Die öffentlichen Verkehrsmittel haben ihre Fahrten eingestellt, zu gefährlich." Das waren doch mal Neuigkeiten! Hatte ich jemals so einen Winter erlebt? Wahrscheinlich nicht. Hier ging diese Jahreszeit oft ohne Schnee aus, sehr zum Bedauern der Kinder, deren Schlitten unbenutzt vor sich hingammelten.

„Jetzt mach dir um mich mal keine Sorgen. Damit fällt unser Abend heute wohl aus. Aber das holen wir nach."

„Ist gut. Melde dich bitte, wenn du heil angekommen bist."

„Okay. Ciao Steffi."

„Bis dann."

Ein wenig genervt beendete ich das Gespräch. Es war ja schön und gut, dass Steffi sich Sorgen machte, aber mir würde schon nichts passieren, nur weil es gerade mal etwas mehr schneite.

„Ist etwas passiert?", erkundigte Patrick sich.

„Ich weiß nicht recht", antwortete ich und trat ans Fenster, um hinauszusehen. Oh je. Steffi hatte recht. Eine beachtliche Schneedecke überzog die Welt da draußen und noch immer fielen dichte Flocken vom grauen Himmel. Die Zweige der Bäume bogen sich bereits unter der Last.

„Mist", entfuhr es mir. Da brauchte ich mit dem Rad wohl wirklich nicht durch. Dicht hinter mir stand Patrick. Durch die Wärme, die er abstrahlte, war ich mir dessen wohl bewusst. Unwillkürlich schlug mein Herz schneller.

„Oh, damit hatte ich nicht gerechnet. Sonst hätte ich nicht gefragt, ob du länger bleibst. Tut mir leid."

„Du nicht und viele andere auch nicht. Mein Rad lasse ich wohl stehen und gehe zu Fuß."

„Kommt gar nicht in Frage, ich bringe dich heim. Wir machen diese eine Sache noch fertig, dann reicht es für heute und diese Woche."

„Ist gut." Damit machten wir uns wieder an die Arbeit, um dann eine halbe Stunde später wirklich Feierabend zu machen.

„Wow." Ich staunte über die Menge Schnee, die beim Verlassen der Praxis bereits lag. „Ich hoffe, dass du Winterreifen hast. Sonst können wir beide laufen."

„Keine Sorge. Ich fahre damit bereits seit zwei Wochen durch die Gegend."

„Gott sei Dank. Kaum zu glauben, dass man vor drei Wochen noch im T-Shirt laufen konnte."

Auch mit Winterreifen hatte Patricks Auto mit dem Schnee schwer zu kämpfen. Er lag einfach zu hoch und die Räumdienste kamen nicht nach. Vor allem hatte Steffi recht. Überall standen Autos und LKWs herum, die stecken geblieben waren. Erst als wir auf eine Nebenstrecke auswichen, wurde es etwas besser.

Meine Straße wurde von Bäumen gesäumt, deren Äste bedrohlich tief über der Fahrbahn hingen. Mit den Stromleitungen verhielt es nicht anders. So etwas hatte ich im Leben noch nicht gesehen. Vor meiner Haustür ließ Patrick mich aussteigen.

„Schönes Wochenende Natalie, ich fahre gleich weiter."

„Danke fürs Heimbringen. Wünsche dir auch ein schönes Wochenende. Komm gut nach Hause."

Entschlossen stieg ich aus und ging zur Tür, während Patrick sich damit abmühte, den Wagen zu wenden. Flocki kam angesprungen. „Hey Kleiner, lass uns schnell rein gehen." Das ließ sich dieser nicht zwei Mal sagen und verschwand schwanzwedelnd in der Diele. Erst vor dem Ofen blieb er stehen und sah mich erwartungsvoll an.

„Ja, du hast recht. Ich mache uns gleich ein warmes Feuer. Es wird dann hier drin richtig gemütlich mit dem ganzen Schnee da draußen."

Rasch stapelte ich das Holz und entzündete das Feuer. Binnen kurzer Zeit flackerte es munter vor sich hin. Rasch schickte ich Steffi eine SMS, dass ich heil zu Hause angekommen war, damit sie sich nicht länger Sorgen um mich machte. Vergnügt stellte ich Musik an und begann meine Bluse aufzuknöpfen, nachdem ich mir die Schuhe ausgezogen hatte. Da klingelte es. Na nu, wer hatte sich denn da durch den Schnee hierher verirrt?

Schwungvoll öffnete ich die Tür. „Patrick", verwundert riss ich die Augen auf. „Was machst du hier? Ist etwas passiert?"

„Kann ich rein kommen? Ist verdammt kalt hier." Bei genauerem Hinsehen schien mir seine Jacke recht dünn und gänzlich ungeeignet für den plötzlichen Wintereinbruch zu sein. Den Kragen hatte er zwar hochgeschlagen und die Hände tief in den Taschen vergraben, doch es war offensichtlich, dass er fror. In seinem dunklen Haar glänzten einige Schneeflocken. Rasch trat ich einen Schritt zur Seite.

„Natürlich komm rein. Was ist denn passiert?"

„Ich bin gerade aus dieser Straße heraus gekommen, dann musste ich den Wagen stehen lassen." Er war mir ins Wohnzimmer gefolgt und stellte sich sogleich vor den Ofen, um sich aufzuwärmen. „Zum Glück habe ich eine Stelle ohne nahe Bäume gefunden. Es sind mehrere abgeknickt und liegen quer auf der Straße. Und mit dieser Jacke möchte ich ungern durch die ganze Stadt nach Hause laufen."

Das klang einleuchtend.

„Aber wenn du immer in so einem Aufzug die Tür öffnest, komme ich definitiv öfter vorbei", bemerkte er mit einem vielsagenden Grinsen und einem Funkeln in den Augen, dass mein Herz schneller schlagen ließ. Warum machte er das? Es war so schon schwer genug.

Und was meinte er denn damit? Ich sah an mir herunter und errötete tief. Da hatte ich doch glatt vergessen, dass ich dabei gewesen war, mich auszuziehen. Unter der offenen Bluse war nur ein Spitzen-BH zu sehen und ziemlich viel nackte Haut. Seit ich allein war, hatte ich irgendwie ein Faible für Unterwäsche entwickelt.

„Oh", entfuhr es mir. „Ich wollte mich gerade umziehen, als du geklingelt hast. Bin gleich wieder da." Damit verließ ich beinahe fluchtartig den Raum und rannte hinauf ins Schlafzimmer. Oh Gott, er war tatsächlich hier, hier bei mir. Und der intensive Blick, mit dem er mich gerade bedacht hatte, hatte mein Herz zum Rasen gebracht und sehnsüchtig zog sich mein Magen zusammen.

Brr, war das kalt hier. Eine willkommene Möglichkeit, um meine glühenden Wangen abzukühlen. Ich atmete tief durch und drehte die Heizung höher. Zitternd zog ich mich um. Patrick musste mit meinen Wohlfühlklamotten klar kommen. In Leggings, dicken Socken und einem übergroßen Sweatshirt kam ich wieder hinunter.

Patrick hatte es sich unterdessen gemeinsam mit Flocki auf dem Sofa gemütlich gemacht. Der Hund saß zwischen seinen Beinen und ließ sich genüsslich kraulen. Ich beobachtete beide lächelnd, bevor ich den Raum betrat. Hier hatte sich wohlige Wärme ausgebreitet und lud zum Verweilen ein, ganz anders als oben.

„Na, ihr seid ja ein Herz und eine Seele", bemerkte ich trocken und ließ mich ebenfalls auf die Couch sinken.

„Dein Hund mag mich eben", entgegnete er lachend.

„Der mag jeden, der ihm den Bauch krault", behauptete ich. Dann herrschte eine Weile Schweigen, wir schauten versonnen ins Feuer. Am liebsten hätte ich mich an ihn gekuschelt und den Kopf an seine Schulter gelehnt. Die Atmosphäre lud einfach dazu ein und meine Gefühle ebenfalls. Schließlich räusperte er sich.

„Was meinst du, kann ich heute Nacht deine Couch zum Schlafen bekommen? Es scheint langsam weniger mit dem Schnee zu werden, aber ob ich es nach Hause schaffe?" Bei seinen Worten sah er mich nicht an. Ganz beiläufig hatte es geklungen. Ob so etwas denn wirklich eine gute Idee war? Seine Bitte machte mich sprachlos, und ich musste erst einmal schlucken, bevor ich antworten konnte. Mein verräterisches Herz begann natürlich wieder wie wild zu klopfen und die Schmetterlinge waren ebenfalls fleißig in meinem Bauch unterwegs.

„Okay, du kannst die Couch bekommen", erwiderte ich schließlich. „Auch wenn das vielleicht keine so gute Idee ist."

Daraufhin warf er mir einen langen unergründlichen Blick zu, bevor er sich lächelnd wieder dem Hund widmete. Entschlossen stand ich auf.

„Wo du schon mal da bist, kann ich auch das Essen vorbereiten. Steffi und ich wollten uns heute eigentlich einen gemütlichen Mädelsabend machen, aber das Wetter hat uns einen gewaltigen Strich durch die Rechnung gemacht. Also musst du Ersatz spielen."

Damit ging ich in die Küche, begleitet von seinem leisen Lachen, und schob die Baguettes in den Backofen. Dann packte ich Besteck, Gläser und Brettchen auf einem Tablett zusammen und trug alles ins Wohnzimmer. Noch immer hatte Patrick sich nicht vom Fleck gerührt. Erst als ich schwer bepackt zurückkehrte, sprang er auf. „Ich nehme das. Außerdem kann ich dir gern helfen. Du musst nicht alles allein machen."

Das brachte mich zum Lächeln. „Perfekt." Ich reichte ihm die Flasche Wein, die ich zuvor aus meinem Weinständer genommen hatte, und den Korkenzieher. „Dann mach dich mal nützlich. Ich stehe mit dem Öffnen immer auf Kriegsfuß."

Grinsend nahm er beides entgegen, und ich kehrte in die Küche zurück, um Käse, Salami und Gemüse zu schneiden und die Dips zu holen. Kurze Zeit später folgte Patrick mir, ließ sich ein Schneidebrett und ein Messer geben und so arbeiteten wir in trauter Eintracht eine Weile zusammen. Mir fiel auf, wie gut er in meine Küche passte und wie wir harmonierten. Aber er trug noch immer seine Arbeitskleidung und mir fiel ein, dass ich noch einige Sachen von meinem Vater im Schrank haben müsste. Ich hatte es nicht übers Herz gebracht, sie wegzugeben, und eigentlich müssten sie Patrick passen. Sie hatten in etwa dieselbe Größe und Statur.

„Bringst du gleich die Sachen rüber? Mir ist gerade etwas eingefallen. Bin sofort wieder da."

Ohne seine Zustimmung abzuwarten, machte ich mich auf den Weg nach oben. Es dämmerte, und ich schaltete das Licht ein. Dann machte ich mich auf die Suche nach Vaters Sachen. Schon kurze Zeit später hielt ich sie triumphierend in der Hand. T-Shirt, Sweatshirt und eine Freizeithose suchte ich aus, bevor mit einem Mal plötzlich das Licht ausging.

„Hey! Was soll denn das?" Keine Antwort, also war Patrick wohl nicht dafür verantwortlich, den ich unten nach einem dumpfen Knall gerade fluchen hörte. Gott sei Dank kannte ich mich hier im Dunkeln aus und tastete mich zum Nachttischschränkchen vor, wo eine Taschenlampe stand. Dann nahm ich die Sachen und ging nach unten. Oben war es immer noch bitterkalt, und da der Strom weg war, würde sich das auch so bald nicht ändern. Ob ich überhaupt im Schlafzimmer würde schlafen können?

„Patrick, ich habe dir ein paar bequemere Sachen heraus gesucht, wenn du die anziehen magst. Dann kommst du aus den Arbeitsklamotten heraus. Sie sind von meinem Vater, nicht von Fabian", fügte ich schnell hinzu, als ich seinem skeptischen Blick begegnete. „Und wir haben keinen Strom."

„Was du nicht sagst."

„Ich schaue mal nach den Baguettes, vielleicht sind die fertig geworden. Du kannst dich inzwischen umziehen, wenn du magst."

Dann flüchtete ich mich in die Küche, mitsamt der Taschenlampe. Im Wohnzimmer spendete der Ofen genug Licht. Ich musste daran denken, die Rollläden herunter zu lassen, und begann damit gleich in der Küche.

Wir hatten Glück, und die Baguettes waren fertig. Rasch stellte ich das batteriebetriebene Radio an, das ich sonst immer mit in den Garten nahm. Vielleicht wurde etwas über den Stromausfall gesagt.

Und richtig: Es war einfach unglaublich. Der Schnee war so nass und schwer, dass einige Strommasten einfach abgeknickt und Leitungen gerissen waren. Es konnte noch Stunden, wenn nicht Tage dauern, bis der Strom wieder da war.

Seufzend nahm ich die Baguettes und das Radio und trug beides ins Wohnzimmer. Dort musste ich erst mal grinsen, als ich Patrick in den Klamotten meines Vaters sah. Aber wie ich zugeben musste, standen sie ihm gut. Wie er da so auf der Couch saß mit der Kleidung, schien er fast dorthin zu gehören.

„Chic", zog ich ihn auf.

„Danke. Sie sind aber durchaus bequem." Er stand auf und reichte mir ein Glas Wein, nachdem er mir das Brot abgenommen hatte, doch ich stellte es erst einmal wieder zur Seite und ging zu einem Sideboard.

„Kerzen", erläuterte ich. „Im Radio haben sie gesagt, dass es noch dauern kann, bis der Strom wieder da ist. In der Garage müsste noch ein Campingkocher stehen, aber den können wir morgen früh noch suchen. Holz haben wir für heute auch noch genug."

„Sonst noch etwas? Nein? Dann setz dich und lass uns etwas essen. Und den Abend genießen."

Lächelnd nahm ich Platz und ergriff mein Glas. „Zum Wohl." Ich prostete ihm zu und das Lächeln wich nicht mehr von meinem Gesicht. Wie ich zugeben musste, hatte er alles sehr ansprechend arrangiert. Und so dauerte es gar nicht lange, bis wir vor dem knisternden Kamin mit Rotwein, Essen und Kerzenlicht ins Plaudern kamen. Ja, ich genoss die romantische Atmosphäre mit diesem Mann und das Prickeln, das in der Luft lag.

„Warum ist Marie eigentlich nicht gut auf dich zu sprechen?", fragte Patrick irgendwann neugierig.

„Hat man das tatsächlich gemerkt?", entgegnete ich trocken. Ich trank noch einen Schluck, bevor ich antwortete. „Marie ist ungefähr drei Jahre älter als ich, und wir haben dieselbe Schule besucht. Als ich fünfzehn Jahre alt war, habe ich ihr unabsichtlich jemanden ausgespannt, wie sie meint. Der Junge ging in ihre Klasse und wurde mein Freund, obwohl sie in ihn verliebt war. Aber sie waren nie zusammen. Das hat sie mir ziemlich übel genommen. Als ich dann auch noch ihren Bruder geheiratet habe, war es ganz vorbei. Zu unserer Trauung erschien sie in Trauerkleidung."

Patrick lachte laut auf. „Ist nicht wahr."

„Doch. Und den ganzen Tag lief sie mit Leichenbittermiene durch die Gegend."

„Die spinnt ja." Er schüttelte den Kopf.

„Ganz meine Meinung."

Ich entschuldigte mich kurz und ging nach oben, um das Bettzeug zu holen, damit es nicht so klamm wurde. Hätte ich doch bloß morgens die Heizung nicht runter gedreht. Brr, wie kalt es doch immer noch war. Nee, die Nacht würde ich nicht hier schlafen, sondern auch im Wohnzimmer verbringen, das stand fest. Also schnappte ich mir sämtliches Bettzeug und schleppte es nach unten.

Als ich beide Decken und Kissen auf dem Sessel ablegte, grinste Patrick frech. „Ich glaube nicht, dass mir hier vor dem Ofen so kalt wird."

„Eine Garnitur ist für mich. Oben ist es saukalt, und ich will mir nicht den Hintern abfrieren. Ich bleibe auch hier. Das Sofa kann man zu einem Bett umfunktionieren, und da wir beide erwachsene Menschen sind, kommen wir schon klar."

Leider konnte ich nicht verhindern, dass ich rot wurde, als ich daran dachte, mit ihm gemeinsam in einem Bett zu schlafen. Wie es Patrick bei der Vorstellung ging, wusste ich nicht, denn rasch machte ich mich an dem Sofa zu schaffen, während Patrick sein Weinglas leerte und Flocki interessiert die Ohren spitzte. Warum ich aber gerade jetzt, wo wir doch so gemütlich beisammen saßen, dass Sofa umbauen wollte, war mir selbst schleierhaft.

Als ich mich nach getaner Arbeit wieder aufrichtete, stand Patrick dicht vor mir und hielt mir mein frisch gefülltes Glas hin. Himmel, wenn ich noch ein drittes trank, wäre ich bald betrunken. Die ersten beiden hatten schon für eine ziemlich gelöste Stimmung bei mir gesorgt. Doch ich nahm es entgegen.

Er hob sein Glas, blickte mir tief in die Augen und sagte leise: „Auf uns zwei erwachsene Menschen. Was auch immer du damit sagen wolltest."

Verwirrt schwieg ich, prostete ihm zu und trank einen Schluck, wobei ich meinen Blick nicht von seinem lösen konnte. Mein Herzschlag beschleunigte sich und das wohlbekannte Kribbeln breitete sich in meinem Körper aus und nahm mich gefangen.

Behutsam nahm er mir das Glas aus der Hand, stellte beide zur Seite und trat noch näher an mich heran, um mein Gesicht in beide Hände zu nehmen. Zärtlich fuhr er mit den Daumen über meine Wangen und hinterließ glühende Spuren.

Automatisch schloss ich die Augen. Mir war klar, dass er mich küssen würde, und ich war nicht in der Lage, nein, nicht Willens, dem zu widerstehen. Im Gegenteil, ich wünschte es mir sehnlichst.

Als seine Lippen die meinen berührten, seufzte ich auf und drängte mich an ihn. Wie lange hatte ich ihm widerstanden, immer und immer wieder? Nun war Schluss damit. Es schien alles zu passen. Das Timing war perfekt, die Gefühle sowieso und ich ließ einfach los, dachte nicht mehr darüber nach, wollte ihn nur noch. Ihm schien es ähnlich zu gehen.

Mit leisem Stöhnen vergrub er seine Hand in meinem Haar, zog mich näher an sich heran. Behutsam knabberte er an meiner Unterlippe. Unsere Zungen begegneten sich und begannen einen wilden Tanz, während unsere Hände auf Wanderschaft gingen.

Nach einer Weile ließ er mich nur los, um das Bettzeug auf dem improvisierten Bett auszubreiten, und mich dann darauf zu betten. Ob ich wollte oder nicht, brauchte er nicht mehr fragen. Auf seinem Gesicht konnte ich lesen, was auch in meinem geschrieben stehen musste.

Wortlos, aber lächelnd legte er sich neben mich und begann mich erneut zu küssen. Seine Hände gingen erneut auf Wanderschaft, was ich ungemein genoss. Ziemlich rasch lag ich nur noch in meiner Unterwäsche da, was mir aber egal war. Zumal er gerade sein Sweatshirt auszog und ich seinen nackten Oberkörper bewundern durfte.

Ich berührte ihn und jetzt, da ich einmal damit angefangen hatte, konnte ich nicht mehr damit aufhören. Seine Haut war weich, seine Muskeln fest, und er roch unverkennbar nach Patrick. Der Spur meiner Hände folgte ich mit dem Mund, bis er mir ein wenig atemlos Einhalt gebot.

„Jetzt bin ich wieder dran, meine Süße", raunte er mir heiser ins Ohr und drückte mich aufs Bett zurück. „Sonst kann ich für nichts mehr garantieren und alles ist schneller vorbei, als mir lieb ist."

„Wer sagt denn, dass man es nur ein Mal tun kann?", fragte ich neckend und zog ihn zu mir hinunter. „Ich hoffe, du hast was dabei, denn ich nehme die Pille nicht."

„Keine Sorge, ich bin vorbereitet." Er grinste breit, als er mein entgeistertes Gesicht sah. „Schließlich habe ich schon lange gehofft, dass dieser Tag kommt." Damit küsste er mich erneut und ließ mich alles drum herum vergessen.

Denken konnte ich erst wieder, als ich später glücklich und zufrieden in seinen Armen lag. Zärtlich streichelte er meinen Arm, doch mit einem Mal fiel mir etwas ein und ich richtete mich auf, um ihn anzusehen.

„Sag mal, bist du wirklich mit deinem Auto nicht weiter gekommen oder hast du das alles geplant?"

Verblüfft starrte er mich an. „Wie kommst du bloß auf so eine absurde Idee? Meinst du wirklich, ich würde so etwas tun? Wenn es hier nicht gerade so schön gemütlich wäre, dürftest du dich gern mal eben selbst davon überzeugen. Und den Schnee hab ich auch bestellt."

In seinen Augen entdeckte ich nur Aufrichtigkeit und so glaubte ich ihm. „Dann ist ja gut. War nur so ein Gedanke." Und ich kuschelte mich wieder an ihn.

„Du weißt, dass das längst überfällig war und sowieso irgendwann passiert wäre, oder?", fragte er leise.

„Meinst du?", fragte ich zurück, obwohl mein Herz klopfte, wie nur was. Aber ich wusste, dass er recht hatte.

„Ja. Ich liebe dich, Natalie, und mich von dir fern zu halten war das Schwerste, was ich je getan habe."

Sollte ich ihm wirklich sagen, dass es mir genauso ging? Alles war mit einem Mal so schnell gegangen und doch so einfach. Ich entschied mich dafür. Wieder richtete ich mich auf, ich wollte sein Gesicht, seine Augen sehen. Er lächelte entspannt. Zärtlich küsste ich ihn.

„Ich liebe dich auch. Und dich damals fortzuschicken und auf Abstand zu halten, war mit das Schwerste, was ich in meinem Leben getan habe. Vom ersten Moment an konnte ich nur noch an dich denken."

„Und ich habe oft bereut, dass ich deine Einladung zum Kaffee nicht einfach angenommen habe."

Unsere Lippen fanden sich erneut, seine Hände streichelten zärtlich über meinen Rücken und ich stöhnte leise auf. Ich liebte es, ihn zu spüren, liebte seinen unwiderstehlichen Duft und einfach alles an ihm. Sehnsüchtig strich ich mit meinen Fingern sacht über seine weiche Haut, ließ sie von seiner Brust langsam abwärts gleiten.

„Und ich glaube, dass eben war der beste Sex, den ich je hatte", platzte er plötzlich heraus. „Weil einfach alles stimmte", murmelte er verlegen, während ich glücklich lachte.

„Ja, war gar nicht übel."

„Duuu." Mit blitzenden Augen sah er mich an. „Ich hab noch ein paar von den Dingern, wir können gern noch etwas daran arbeiten, bis zur Perfektion meinetwegen."

„Das will ich doch stark hoffen."

Wir mussten mit einem Mal beide lachen. Wirklich, heute Abend stimmte einfach alles. So viel war zusammen gekommen, um unser Treffen so enden zu lassen.

Der Schnee, der ein Heimfahren für Patrick nicht möglich machte, die romantische Stimmung vor dem Kamin, die Vertrautheit, die wir wohl beide spürten. Was hatte da näher gelegen, als schwach zu werden und den Gefühlen endlich nachzugeben. Wir liebten uns, nur das zählte jetzt. Und ich für meinen Teil bereute nichts.

Patrick stand auf, um Holz nachzulegen, während ich die Gelegenheit nutzte, ihn mir genau im flackenden Licht der Kerzen und des Feuers anzusehen. Was ich sah, gefiel mir ausgesprochen gut, wie ich lächelnd feststellen musste. Hoch gewachsen, schlank, ach was soll's, einfach genau richtig für mich. Und noch etwas musste ich feststellen: Wir hatten vergessen, die Rollläden zu schließen. Einfach jeder, der sich bei diesem Wetter hinaus wagte, hätte uns ohne Probleme bei unserem Tun beobachten können. Ein wenig verflog meine Hochstimmung bei dem Gedanken.

„Ähem, Patrick? Würde es dir etwas ausmachen, die Rollläden herunterzulassen? Auch wenn die Wahrscheinlichkeit gering ist, dass uns jemand zuschaut, mir wäre es doch lieber."

„Wenn du dich dann besser fühlst." Bereitwillig tat er, worum ich ihn gebeten hatte. Und ich konnte mich gar nicht sattsehen, wäre am liebsten aufgestanden, und hätte ihn berührt. Grinsend ließ er sich wieder neben mir nieder.

„Natalie?"

„Hm?"

„Du starrst", stellte er fest.

„Oh ja", gab ich kein bisschen verlegen zurück. „Ich hab da was nachzuholen."

Eng aneinander gekuschelt schliefen wir schließlich ein.

Am nächsten Morgen erwachte ich als erste und nutzte die Gelegenheit, mir diesen wunderbaren Mann genau anzuschauen. Es war mir schleierhaft, wie ich es geschafft hatte, meinen Gefühlen so lange zu widerstehen. Er war zärtlich, liebevoll und warmherzig. Er hatte denselben Humor wie ich, und er küsste traumhaft. Versonnen streckte ich die Hand aus und strich ihm die widerspenstige Locke aus der Stirn. Da regte er sich und öffnete schlaftrunken die Augen. Als er mich erkannte, breitete sich auf seinem Gesicht ein wunderschönes Lächeln aus.

„Guten Morgen", begrüßte er mich leise.

„Guten Morgen", erwiderte ich ebenso leise.

Dann zog er meinen Kopf zu sich herunter und küsste mich zärtlich. „Mmh, es ist ein schönes Gefühl, neben dir wach zu werden." Als ich daraufhin errötete, lachte er leise. „Kaffee und Frühstück wären jetzt schön."

„Ob der Strom wieder da ist?" Ich stand auf und testete den nächsten Lichtschalter. Nichts. „Sieht schlecht aus. Ich habe Brot und Aufschnitt, Marmelade und Käse. Aber aus dem Kaffee wird wohl erst einmal nichts."

„Schade. Dann mache ich wohl mal das Feuer an. Und nach dem Frühstück suchen wir diesen Campingkocher, von dem du gestern gesprochen hast. Aber zuerst …"

Lächelnd kam er auf mich zu und küsste mich. Sofort flammte meine Erregung wieder auf, so als könnte ich nicht genug von ihm bekommen. Und so kam es, dass das Feuer nicht sofort entzündet wurde und auch das Frühstück noch etwas auf sich warten ließ.

„Ich hoffe, dass du noch irgendwo eine Jacke für mich hast, denn meine taugt bei dem Wetter leider nichts."

„Ich glaube, da könntest du Glück haben. Ich schaue nachher noch mal in meinen Schrank."

Es schien nun alles so einfach zu sein. In trauter Eintracht saßen wir am Frühstückstisch und unterhielten uns. Zwischenzeitlich tauschten wir kleine Zärtlichkeiten aus. Und gleich würden wir in der Garage nach Sachen suchen, die uns bei dem Wetter von Nutzen sein konnten. Sollte ich nun wirklich mein Glück gefunden haben? Und glücklich war ich gerade wirklich.

Ich fand die Jacke in meinem Schrank und gemeinsam entdeckten wir den Campingkocher und die dazugehörige Gasflasche. Außerdem gab es in meinem Küchenschrank noch einen Filterhalter, um Kaffee auf die alt herkömmliche Weise ohne Maschine zuzubereiten. Was wollten wir mehr.

Als wir unseren Kaffee genossen hatten, blickte er mir tief in die Augen. „Was fangen wir nun mit dem Tag an? Gehen wir eine Runde spazieren oder bleiben wir hier?" Mit einer kaum falsch zu verstehenden Geste deutete er auf unser Nachtlager.

„Vielleicht bleiben wir hier oder machen beides?" Mir war es egal, solange er nur da war. „Dann bleiben wir hier", entschied er. „Vor dem Feuer, und ich möchte dich besser kennen lernen."

Bald lagen wir wieder auf dem Couchbett und redeten. Zwischendurch liebten wir uns mit einer

Zärtlichkeit, die ich nicht für möglich gehalten hatte.

„Was passiert nach diesem Wochenende?", wollte Patrick schließlich von mir wissen. Er hatte seine Finger mit den meinen verschränkt und starrte ins Feuer.

„Was soll dann passieren?", fragte ich arglos.

„Ist danach alles wie vorher oder hat sich etwas geändert?"

Wie konnte er nun so etwas überhaupt fragen? Entgeistert starrte ich ihn an. Standen wir denn nun nicht am Anfang einer Beziehung? Oder sah er das anders?

„Nach dem Wochenende liebe ich dich immer noch", gab ich hastig von mir.

„Also sind wir nun nicht mehr nur Freunde?", fragte er nach.

Langsam reichte es, und ich schnappte nach Luft. Doch als er sich zu mir umwandte, erkannte ich das schelmische Grinsen auf seinem Gesicht.

„Du Idiot." Dann stürzte ich mich auf ihn und küsste ihn stürmisch.

„Wir werden das schon hinbekommen", beruhigte er mich schließlich. „Und alle anderen müssen damit klar kommen, dass wir nun ein Paar sind und uns lieben."

Glücklich lachte ich auf. Jetzt war mein Leben wieder in Ordnung.

EPILOG

Seit jenem verschneiten Wochenende waren wir ein Paar und schon kurze Zeit später zog Patrick bei mir ein. Er war die große Liebe meines Lebens, da war ich mir vollkommen sicher. Und was noch sicher war: Wir wollten nicht mehr ewig mit Kindern warten. Ihm war eine eigene Familie genauso wichtig wie mir und auch eine spätere Heirat schien nicht ausgeschlossen.

Mit seinen Eltern und Geschwistern verstand ich mich auf Anhieb und hatte mit einem Mal wieder eine große Familie. Es war schön, dass ich dort herzlich willkommen war, auch wenn seine große Schwester mich beiseitenahm und mir damit drohte, dass sie mir den Hals umdrehen würde, sollte ich ihn unglücklich machen. Darüber musste ich lachen, denn nichts lag mir ferner, aber es bewies mir, dass seine Familie ihn über alle Maßen liebte.

Zu Fabian hatte ich keinen Kontakt mehr. Ein einziges Mal hatten wir uns noch zum Reden getroffen. Mittlerweile wohnte er in einer anderen

Stadt und war Vater eines kleinen Jungen. Ich war froh darüber, dass er mir nun nicht mehr ständig über den Weg laufen konnte, denn meist wurden nur schlechte Erinnerungen geweckt. Für die neue Frau an seiner Seite hatte er sich untersuchen lassen und seinen Schwimmern war künstlich wieder auf die Beine geholfen worden, sodass er in der Lage war, Kinder zu zeugen. Nun wusste ich auch, wo er an dem Wochenende gewesen war, als ich mir den Knöchel verstaucht hatte, denn zu der Zeit war das Kind entstanden.

Die Tatsache, dass er kurze Zeit vorher noch versucht hatte, mit mir Nachwuchs zu bekommen, aber sowieso damit gerechnet hatte, dass ich abblocken würde, gab mir fast den Rest. Auch, dass er kein Problem damit gehabt hatte, schon ein halbes Jahr vor unserer Trennung mit ihr anzubandeln und eine Beziehung zu führen, nahm ich ihm krumm. Dass er mich allerdings für alles verantwortlich machen wollte, war unverzeihlich. Schließlich hatte ich ihn nicht betrogen, sondern nur nicht den Mut gehabt, die Konsequenzen zu ziehen. Da die Scheidung relativ schnell vollzogen war, gingen wir endgültig getrennte Wege.

Unser Jahrestag fiel auf einen Sonntag und wie gesagt, wir wollten schnell Kinder, sodass ich an diesem Morgen mit zittrigen Fingern einen Schwangerschaftstest machte. Denn einen Monat zuvor hatten wir beschlossen, dass es nun soweit sein sollte. Wir wollten das Thema Familienplanung in Angriff nehmen. Und nun war ich schon vier Tage über der Zeit und hoffte inständig, dass es bereits geklappt hatte und mein Körper mir nicht wieder einen Streich spielte, so wie früher. Und damit war ich nicht allein.

Es klopfte kurz an der Tür, dann kam Patrick ins Bad. „Und Schatz? Was sagt der Test?"

Überglücklich hielt ich ihm den Streifen entgegen, und Tränen standen in meinen Augen. „Wenn alles gut geht, wirst du in ungefähr neun Monaten Vater."

„Nein! Zeig her!" Überschwänglich schloss er mich in die Arme, als er das Ergebnis sah. „Und du wirst endlich Mama."

„Ja", flüsterte ich ergriffen. Endlich, nachdem ich so lange Zeit darauf gewartet hatte, hielt ich einen positiven Test in den Händen und würde ein Kind von dem Mann austragen, den ich über alle

Maßen liebte. Endlich durfte auch ich Mama werden.

„Ich liebe dich", sagte ich leise und zog ihn zu mir hinunter, um ihn zu küssen.

„Ich liebe dich auch. Wird es eine Hochzeit geben, Frau Vogt?"

„Irgendwann mit Sicherheit."

„Das ist gut, solange du mich heiratest."

„Nichts lieber als das."

- Ende -

Danksagung

Ich möchte an dieser Stelle allen danken, die mir die Veröffentlichung dieses Buches ermöglicht haben. Meiner Familie, die viel Geduld bewiesen hat und immer mal wieder auf mich verzichten musste.

Meinen Testleserinnen Petra und Sandra – danke, dass es euch gibt.

Meinen „Golden Girls", die mich immer darin bestärkt haben, weiterzumachen.

Und zu guter Letzt sollte ich Sie, meine lieben Leser, nicht vergessen. Ich hoffe, dass Ihnen die Geschichte gefallen hat und würde mich freuen, wenn Sie eine kurze Rezension auf Amazon hinterlassen. Vielen Dank!

Ihre V. J. Marin